中国专业作家作品典藏文库

中国专业作家作品典藏文库
石钟山卷

天下姐妹

石钟山 著

中国文史出版社

图书在版编目(CIP)数据

天下姐妹 / 石钟山著. -- 北京 : 中国文史出版社,
2023.3
(中国专业作家作品典藏文库 ; 1. 石钟山卷)
ISBN 978-7-5205-3449-9

Ⅰ. ①天… Ⅱ. ①石… Ⅲ. ①长篇小说-中国-当代
Ⅳ. ①I247.5

中国版本图书馆 CIP 数据核字(2021)第 262297 号

责任编辑：蔡晓欧

出版发行：**中国文史出版社**
社　　址：北京市海淀区西八里庄路 69 号院　邮编：100142
电　　话：010-81136606　81136602　81136603（发行部）
传　　真：010-81136655
印　　装：北京新华印刷有限公司
经　　销：全国新华书店
开　　本：720×1020　1/16
印　　张：15.5　　　字数：194 千字
版　　次：2023 年 3 月第 1 版
印　　次：2023 年 3 月第 1 次印刷
定　　价：55.00 元

目　录

边塞小镇

二十世纪的边塞小镇和北方的任何一个小镇没有什么不同，粉尘和焦煤的气味笼罩了一方世界。淡淡的、似有似无的焦煤气息，一直延伸得很远。

卡车，还有二十世纪七八十年代经常出现的轿车零零星星地行驶过小镇，沥青铺就的路面上，留下一串串沙沙啦啦的声音。一些骑着马、挂着腰刀的蒙古人，显然是喝了酒，脸色酡红地骑在马上，微醺了双眼，有一搭无一搭地端详着这座烟熏火燎的小镇。

喝了酒的蒙古人，端坐在马背上，散漫又自信地在小镇的大街小巷穿过，让人明显感受到，此小镇非彼小镇。这是一个北方的边塞小镇。

小镇的东面，有一片红砖青瓦的平房，这是二十世纪七十年代典型的北方建筑，有街有巷。这片房子依街而建，傍巷而居。在一方红砖青瓦的院子里，居住着四位女人——母亲史兰芝和三个女儿徐锦春、徐锦秀和徐锦香。

一大早，史兰芝和大女儿徐锦春就站在门口，一次次地向外张望。

锦秀和锦香是两个妹妹，她们还在中学里读书，此时早已背着书包，挺着少女的身姿，离开家，上学去了。

老大锦春高中毕业，已经年满十八岁了。十八岁的锦春鲜活而又生动，她站在自家门前，楚楚动人地期盼着。

母亲史兰芝不断地用手遮了前额，一次次地向远方张望，嘴里还喃喃地说着：他们该来了。

母女二人此时等待的是边防站的黎排长。

黎排长是北京人，叫黎京生。说起话来字正腔圆，很好听。

前些时候，徐锦春报名准备参军，表格都是黎排长送来的。二十世纪七十年代，别说是一个女孩子想参军，就是男孩子能入伍参军，也是件大事，新鲜事。

徐锦春从小就梦想着自己有朝一日能当上女兵，也一直喜欢看讲英雄的电影和小人书。她在看电影《英雄儿女》时，就被里面的人物——漂亮而英姿飒爽的女兵王芳深深地吸引了。以后，她就一直梦想着自己也能成为一名女兵。

此时的徐锦春就穿着一身正宗的女兵制服。这是前不久黎京生排长送给她的。黎排长是男兵，理应没有女兵的服装，这是黎排长去守备区医院检查身体时，用自己的男兵服装和医院的女兵换来的。

眼前的徐锦春俨然是一名女兵的模样了。

几天前就说好了，黎排长要给徐锦春送入伍通知书。这才使得史兰芝母女一早就倚在门前翘首以待。

拿到入伍通知书，徐锦春就是一名真正的女兵了。她多年的梦想也就实现了。昨天晚上，妹妹徐锦秀就一脸郑重地说：姐，你就要当兵了，就把你这身军装送给我吧。

她冲妹妹点了点头，自己马上就是女兵了，还愁没有军装穿吗？她答应妹妹时，甚至还想过，以后让小妹也穿上军装。女孩子穿军装就是好看。

徐锦春能顺利地报名、体检，做着应征前的各种准备是有原因的。那个年代的女孩子能当上兵可是件大事。一是部队招女兵的名额本来就少，想当兵的人又很多，而当兵又是青年男女当时最好的一条出路。毕竟除了下乡，或者留在城里就业，都不如当兵更让人觉得光荣和踏实。即便在部队提不了干，当满三年兵后，国家也会负责安排工作，而且还是国营单位，铁饭碗，硬实得很。

如果不当兵，就是工作也都是临时的。小镇本来就不大，就业的单位就更少了，母亲史兰芝工作了大半辈子，也就是在一个街道小厂。这是一个木材加工厂，整棵树木运进来，工人们负责将其加工成圆的或方的木料。狭小的厂房里充斥着巨大的噪声，史兰芝就在这尖锐、刺耳的鸣响中忙进忙出，然后看着一车车粗加工后的木料被运走。这是二十世纪七十年代北方城市的一大特色。

徐锦春能有机会报名参军是父亲用生命换来的。

徐锦春的父亲按说是没有出头露脸的机会。他是抗美援朝时期的老兵，当时只是团部里的一名通信兵。在炮火连天的朝鲜战场，通信兵徐长江也是立过功的。他曾冒着敌人的封锁线，把一封至关重要的信送到了上甘岭阵地，从而挽救了一个连。徐长江在冲破敌人封锁线时，受了两次枪伤，一枪伤在腿上，一枪击中了后背，但他还是顽强地把信送了上去。那支连队刚刚撤出阵地，敌人的炮火就把整个阵地覆盖了。

徐长江因为这次行动，荣立了三等功。也正是因为这一次的负伤，回国休养后，复员回到了边塞小镇。因为有过当通信兵的经历，回到小镇后，徐长江就被安排到了小镇的邮政局，当了一名人民的邮递员。徐长江不仅负责城镇部分单位和住户的投递工作，还要负责距小镇几十公里外的边防站的投递任务。毕竟是当过兵，徐长江对边防站的官兵也就有了一种特殊的感情。

边防站距离小镇比较远，往返需要跋山涉水，邮政局的领导体谅徐长江去边防站的辛苦，规定每周只做一次投递。徐长江却自己把工作制度改了，一周总要去边防站投递两次。

每一次去边防站投递，他都会把自行车换成马匹。马是部队淘汰下来的战马，分给边塞小镇的邮局，也算是物尽其用。

两年前的一个春节前夕，徐长江骑着那匹退役的战马，又像往常一样，去边防站投递邮件。那年的冬天特别的冷，雪也下得特别大。他出发时就已经是风雪交加了，他完全可以改个时间去，可他还是出发了。他是当过兵的人，理解边防军人那种家书抵万金的感觉。春节前，他要把边防战士对亲人的问候和家人对亲人的思念之情，传递给双方。

人和马毫不犹豫地走进了风雪里。

不巧的是，他遇到了十几年来罕见的暴风雪。人和马迷路了。

挣扎了一天一夜，人和马最终冻死在风雪中。

当边防站官兵找到徐长江和马时，一切都已经晚了。人和马在冰雪中成了两尊永恒的雕像。让边防站官兵更为感动的是，他们的包裹和信件一件也不少地在马的身上驮着，在徐长江的身上背着。战士们捧着邮递员徐长江最后投递来的信件，呜呜地哭了。

徐长江的事迹也就在这座边塞小镇传开了。

当地民政局为了表彰徐长江的壮举，授予他烈士称号。在和平年代，能被政府授予烈士称号，已属罕见了。

从那以后，徐长江的家人和边防站的官兵，就结成了一种特殊的关系。有了这种不一般的关系，也就有了说不清、理还乱的故事。

徐锦春高中毕业后要参军，也就成了这个故事的开头。

参军未遂

徐锦春以烈士子女的身份，报名参加了守备区的应征体检。

边防站属于守备区管辖，边防站的级别是排级单位。黎京生是边防站的最高长官。

徐锦春的父亲徐长江成为烈士那一年，黎京生还是一名班长，那年他刚满二十岁。身为班长的他参加了烈士徐长江的追悼会。追悼会是由当地民政局、邮政局和守备区共同举行的。

当时的黎京生站在队伍里，看着哭成泪人的史兰芝和徐锦春姐妹，他的眼圈也红了。正在读小学的徐锦秀和徐锦香，被眼前突然的变故弄蒙了，她们还不知道悲哀，或者说是被眼前巨大的变故震惊了。两个女孩怔怔地望着眼前的场面，似乎仍没有明白这和自己的父亲有什么关系。于是，所有的哀伤和悲痛都被史兰芝和徐锦春两个女人承担了，一个失去了丈夫，另一个永远地失去了父亲。她们悲痛着，哭泣着。

黎京生就是在那一刻，心里的什么地方“嘎”的一声，响了一下。接着，又响了一下。初中刚毕业的徐锦春此时已满十六岁，十六岁少女的悲伤，不能不让一个二十岁的男人动容。

看着孤儿寡母的一家人，黎京生在心里一遍遍地冲自己说：我要保护她们，她们太需要我的保护了。

黎京生是在当满第二年兵时升为班长的。作为首都北京来的兵，能在边塞一干就是两年，想来也是很不容易的，毕竟首都与边塞的差距是巨大的。初到边塞的黎京生并没有什么远大的志向，只想当满三年兵，就高高兴兴地复员，再找个固定的工作，娶妻生子，过平常百姓的日子。这种想法不仅黎京生这么想，许多城市兵也都是这么打算的，他们并不想在部队有什么大的作为。身为北京平民的孩子，父母也没有在他们的身上寄予更大的希望，即便有，也是藏在心里的。他们都是普通人，现实对他们来说比理想更重要。

徐锦春的父亲徐长江成为烈士后，一家人一下子就和边防站的距离拉近了。

每一个周末边防站的人都要来到徐锦春家，进行看望。一列骑兵，骑着战马，威风凛凛地穿过小镇，来到徐锦春的家。

战士们从马上跳下来，二话不说，挑水劈柴，扫院子，井然有序。只一会儿工夫，水缸里的水满了，院子干净了，小山似的劈柴垛依墙而立。

周末的日子里，母亲史兰芝有时在家，更多的时候是徐锦春在家里，周末学校下午一般没课。解放军叔叔在院子里忙活时，徐锦春在屋里已经把热水烧好了，倒在碗里，又从床下搬出糖罐，用小勺在碗里加了些糖。尽管糖由于储存的时间久了，变得有些硬，板结在了一起，她还是要用甜丝丝的糖水，招待这些好心的解放军叔叔。

其实，战士们都自己背着水壶，他们不想喝徐锦春为他们烧好的糖水，但糖水都盛在了碗里，热腾腾地冒着气，战士们也只能喝了。他们喝水的速度也是军人的速度，很快，门外就留下一阵细碎的马蹄声。

这时，徐锦春都会追出来，望着一列骑兵远去的身影，一脸的若有所思。

骑兵的队伍里，有时也会出现班长黎京生的身影。刚开始，徐锦春喜欢听黎班长的一口京腔，字正腔圆，抑扬顿挫，像收音机里的播音员。后来，她就开始留意起这个人了。黎京生面孔白净，长得应该用英俊来形容，而正在上高中的徐锦春也可以说是半大的姑娘了，正是处于对异性的敏感时期。此时的徐锦春关注英雄的北京兵黎京生也就很正常了。

黎京生带着班里的士兵周末过来时，徐锦春就会走出屋子，热情地劝这个歇一歇，那个坐一坐。她看着战士们忙得满头是汗的样子，就回屋翻出一条新毛巾，给战士们擦汗。

等那条毛巾传到黎京生手上时，他抬了一次头，冲徐锦春笑了笑，结果就望到了徐锦春那道含秋带露的目光。那是少女清纯又满含深意的目光。他的目光一抖，脸就热了，一直热到了心里。

这一望，似乎心照不宣，两人之间的那份感觉一下子就拉近了。目光里的秘密是两个人的秘密，也是青年男女之间沟通的话语。不需要讲出来，一切又都传递着。

从那以后，两个人便各自揣起了心事。

边防站共有一个排的人，分了三个班。每逢周末，三个班就轮流去徐锦春家帮忙。

只要黎京生所在的班不来，徐锦春就觉得空落落的，虽然她还会和那些战士有一搭无一搭地说说话，但她的话题也大都是问些三班的事。黎京生是三班的班长，说到三班，就要说到黎京生。她从其他战士的嘴里知道黎京生是北京兵，那些战士们说到北京时也是一脸的羡慕。在这之前，徐锦春当然也是知道首都北京的。记得小学一年级时就学过课文《我爱北京天安门》，后来还学会了唱《我爱北京天安门》。那时的北京就和课文中天安门的图画一样，遥远又抽象。边塞小镇离北京实在是太远了，远得只能去想象了。

自从认识了黎京生，北京一下子就近了。后来，徐锦春还听说黎京生的家就住在天安门附近，再许多年后她才知道，那个地方叫南池子大街，确切的位置是在天安门的北侧。

以后，她再看黎京生时，眼神里就又多了份内容。

黎京生带着班里的战士再来时，徐锦春仍然为他们烧水，再放糖时，她就特意在一个碗里多放一些糖，亲自端到班长黎京生面前。喝下糖水的黎京生，也真切地感受到了那份难以述说的甜蜜。

这份细微的感觉悄然地在这对青年男女的心中荡起了阵阵的涟漪。每个月一次的见面，仿佛成了两个人的节日，从分手的那一天开始，他们就开始计算着下一次见面的日子。

徐锦春此后两年的高中生活就是在这种甜蜜的期盼中过来的。

当满三年兵的黎京生并没有离开部队，却鬼使神差地写了一份留队报告。大城市的兵能够超期服役已属罕见，而黎京生在服役期还受到两次嘉奖，并光荣入党，按理说义务兵到此已经圆满了，剩下的就是退伍，回到家乡找一份满意的工作。黎京生却出人意料地交上了一份留队申请，申请书自然很快就被守备区批了下来。接着，黎京生就成了典型。理由是不恋大城市，而安心扎根边防。守备区上下掀起了学习黎京生的热潮。就在当年年底，黎京生被破格提干了。

黎京生的思想轨迹也是有迹可循的。徐长江牺牲后，他就受到了强烈的震撼，当时就发誓要照顾好烈士的家人。以后，他又与徐锦春产生了朦胧的初恋，这都是他留下来的理由和动机。

从那以后，他便经常和少女徐锦春碰面了。

一晃，徐锦春高中毕业了。黎排长在征求徐锦春的未来去向时，徐锦春低下头，红着脸说：我想当兵。

当兵对徐锦春来说，也许是条不错的出路。于是在黎排长的安排下，报告，体检，一路走了下来。

今天就是下放入伍通知书的日子。一大早，史兰芝和徐锦春就在等待了。

日上三竿时，一阵马蹄声搅碎了小镇的宁静。黎排长和当地人民武装部的人，骑着马来到了徐锦春的面前。

徐锦春的心一阵猛跳，接到入伍通知书，她就是一名真正的女兵了。内心的梦想就要实现了。

黎排长从挎包里掏出来的不是入伍通知书，而是守备区的一份红头文件。文件上说，依据中央军委的要求，今年征兵工作调整，守备区不再招女兵了。守备区是基层单位，女兵的岗位本身就少得可怜，一个是话务班，另一个就是医院。按现在的编制女兵已经超编了，守备区党委就做出了今年不再招女兵的决定。

徐锦春当女兵的梦想就此夭折了。

邮电局

烈士子女徐锦春没能如愿地成为一名女兵，却成了邮电局的一名职工。按照当时的政策，她是接了父亲的班。

徐锦春到邮电局上班后，便被分到了分拣组。这里每天都汇集了来自四面八方的信件，她的工作就是把这些信按照街区分拣出来，每次看到边防站的信件，她的心就怦怦地跳个不停。边防站的官兵她差不多都认识，此时看着这些熟悉的名字，心里就变得复杂起来。

当女兵是她的梦想，而突然的变故折断了梦想的翅膀。再看到眼前写着部队番号的信皮时，她仍抑制不住激动的心情。排长黎京生的信她经常能够看到，黎排长的信大都是从北京寄来的，是那种白白的、带有蓝边的航空信封。信可能是黎排长的父亲写来的，信皮上的字刚劲有力、舒展大方，特别是“黎京生”三个字，有一种要飞起来的感觉。靠近信封的偏右下方写着“北京南池子大街”的字样。一看到“北京”，一看到“黎京生”几个字，她的心就又不能平静了。北京离小镇很远，信封上明显地带有一路风尘，可黎京生却离自己很近，近得他的信就握在自己的手里。

现在，她差不多每周都能见到黎京生。每一次也都是黎京生带队过来，有时会来一个班，有时就带着三两个人，骑马风一般地刮过来。干完活，又风一样地刮走了。

自从上班后，她把家里能干的活就都干了，有时黎京生带人来时，院子里已经很干净了，缸里的水满着，劈柴也整齐地码在墙边。

黎京生过来时，徐锦春正在邮电局上班，是母亲史兰芝招待这些子弟兵。黎京生有一搭无一搭地和史兰芝说话，目光却一直盯着墙上的照片，那是史兰芝一家的合影。徐长江在照片上笑着，似乎对眼前的生活很满意。那些照片中，也有徐锦春的照片，眼神清澈地望向前方，直望到他的心底。

黎京生向史兰芝告辞后，带着战士径直去了邮电局，顺便把边防站的信件和报纸带回去。

徐长江牺牲后，就由另一名邮递员接替了他的工作，仍然是每周投递一次，信件多少会有些积压，黎京生就在每次去徐锦春家时顺便将信件捎回去。

去了邮电局，就能见到徐锦春了。确切地说，黎京生捎信只是个由头罢了。面红心跳地见上一回，爱情的嫩芽就在两个年轻人的心里滋长起来。

徐锦春分拣完信件后，会发上一会儿呆，然后目光就停留在边防站的那一堆信上，想着也许明天，或者是后天，黎京生就会看到这封信了。正呆想着时，一个奇怪的念头冒了出来，她要给黎京生写一封信。这个念头一经冒出，便挥之不去了。她的心也随之狂乱地跳着，像长了草，再也不能平稳了。写信的想法鼓噪得徐锦春双脚像踩在棉花上，软软的，头重脚轻，似飘上了云端。

从上班到下班，这个想法越来越强烈，回到家的徐锦春仍一门心思想着写信的事。饭也没吃几口，早早地回到自己和大妹徐锦秀的房间。

徐锦春高中毕业后，大妹徐锦秀也已经读高一了。重要的一九七七年就在此时悄然来到，也就是这一年又恢复了高考。妹妹徐锦秀把心思都用在了学习上，她要高中毕业后参加高考，成为一名大学生，走出小镇，过一种属于大学生的生活。

妹妹徐锦秀果然说到做到，桌前的那盏台灯每天都亮到很晚。有时徐锦春都睡醒一觉了，看着妹妹仍在那儿做题、看书，便惺忪着睡眼说：别熬了，早点睡吧。

徐锦秀每一次都头也不回地答：姐，你睡你的，我就完事了。

姐姐徐锦春就又沉到梦境中去了。再睁开眼睛，看见妹妹仍在那儿一如既往用功呢。徐锦春就在心里为妹妹感叹了。

这天，徐锦春无论如何也睡不着了，她要写信。写什么呢？她还没有想好，但给黎京生写信的欲望却鼓噪得她坐立不安，睡意全无。

她翻箱倒柜地找来了信纸。屋子里唯一的那张桌子被妹妹徐锦秀雷打不动地占据着，她只能坐在床上，腿上垫了一本书当作桌子。

盯着腿上的信纸，黎京生的影子就在眼前晃了起来。此时的黎京生在她的心里既近又远。两个人在这之前说的话并不多，大多时候，那些话也都是在大庭广众之下说的，没有什么私密可言。然而，是什么使他们的心又如此的近呢？这就是两人之间的秘密了。他们的眼神和神态，让他们找到了一条交流的渠道，彼此在里面畅游了一回，又一回。

当徐锦春面对着空空的信纸时，她仍然一个字也写不下去。第一次给黎京生写信，怎么称呼呢？终于，她第一次写下了黎京生三个字，想了想，不好。她把信纸撕了，又揉了。最后又写上京生，想想不妥，也撕了。

她的举动引起了妹妹徐锦秀的注意。徐锦秀从书桌上抬起头说：姐，你干吗呢？

正呆想着，被妹妹的话吓了一跳。徐锦春生怕妹妹看出她的秘密，忙把信纸用手挡了，脸红心跳地说：姐这儿忙工作上的事呢。

徐锦秀不再理会她，撇撇嘴，又去复习自己的功课了。

一直到妹妹徐锦秀上床准备睡了，她的信纸上仍然是空白一片。她咬着笔头，不知如何下笔。

徐锦秀躺下后，嘴里咕哝一句：姐，你今天是咋了，平时你这会儿都睡了两觉了。

妹妹的话让她有些生气，她挥了一下手说：没你的事，你睡你的。

徐锦秀果然就睡了。

她咬着笔头，仍然无法下笔的样子。终于，她离开床边，走到妹妹的书桌前，打开台灯。她随手翻着桌上的一本青年杂志，就被上面的一首小诗吸引了。那是一首只有几句话的诗，名字叫《山里的桃花开了》——

忙碌在花丛中的蜜蜂
回家时，请你捎个信
告诉山外的她
山里的桃花开了

就是这首四句话的小诗，深深地吸引了她。很快，她把这首诗抄在了信纸上。想了一会儿，又从抽屉里找出自己高中毕业时照的一张照片，连同抄录小诗的信纸，一同装入信封，在写好黎京生的名字后，她长吁了一口气。

第二天，她把贴好邮票的信，放在了邮电局边防站的一堆信件里，又亲眼看到投递员取走信件，踏上了去边防站的路。

边防站

边防站建在一座山上，红砖灰瓦，一溜的营房。远远地可以看到瞭望塔，以及界碑和对面的哨所。有了界碑和哨所，就有了边境的味道，甚至还可以看到对方的士兵，肩了枪，走来走去的身影。

边防站的门口，立了旗杆，有五星红旗在迎风飘展。边防站的官兵，每天要巡逻两次，沿着划定的区域，早一次、晚一次，风雨无阻。

边防站所有的给养都是守备区派卡车送来。车开到山下便没有路了，边防站的官兵就牵了马，一次次去山下驮。有粮食、蔬菜，包括上级的一些指示和文件。

这里和外界沟通只能靠一部老式手摇电话，电话线因为和守备区的距离太遥远，三天两头会断线，然后就得顺着线路去查，有时很容易找到；有时候找不到，那部电话也就成了一个摆设。

唯有边防站那部无线电台可以昼夜与守备区指挥部联络着。那是一部战备电台，不到紧急关头，不会派上用场。无线电波却二十四小时不间断地和指挥机关联络着。

黎京生所在的排，负责着几十公里的边防线，日出巡逻，日落而归，循环往复的戍边任务，让他们有了责任感和使命感，而单调的生活却也令他们生出许多无奈。此时，往返于邮电局的信件，就成了他们与外界沟通的桥。天气尚好的时候，邮递员每周都能过来，但遇到大雪或大雨的天气，一月半月的也不一定能投递上一次。

在边防站，一封薄薄的家书被战士们看得往往比黄金还要贵重。

身为排长的黎京生，可以说是边防站的老兵了，单调、孤寂的边防生活，也成了他生命中的一部分。自从认识了徐锦春，他的生活就有了一种期盼。他盼着周六那一天的到来，只有到了周六，他才可以带着一个班的士兵名正言顺地下一次山，去小镇看望徐锦春一家。每一次，战士们都把每周六的下山当作放假。一个排三个班，轮流下山，去小镇的同时，采买日用品的任务也就顺便完成了。于是，每周一次的下山，就被战士们当成了自己的节日。遇到工作忙，或者天气不好，周六下山的活动就被取消了，只能眼巴巴地等待下一次。战士们遥望着小镇的方向，那里有着他们的梦想和期盼。

黎京生接到了徐锦春的来信，但他并不知道这是徐锦春写来的信。信封上只写了“内详”二字，在这之前，他没想到徐锦春会给他写信。

当他拆开信封，一张信纸夹着一张照片出现在眼前。照片上的徐锦春正用一双清纯的眼睛望着他。他怔住了，呼吸有些急促，他的手甚至在发抖。以前，他和徐锦春的交往只限于眼神的交流，这种无语相望应该定位于朦胧的初恋阶段，而此时徐锦春的照片正躺在自己的手里。一切水到渠成。这是徐锦春一次大胆、真情的表白，这份表白一下子就击中了黎京生。

在边防站生活了四年的黎京生，早就习惯了眼前单调的生活。四下里除了山，还是山，排里的三十几个人也都熟得像亲人一样。如果没有徐长江烈士的出现，黎京生的生活也许是另外一种样子，此时的他可能正在北京的某个单位上班、下班，穿梭在人流之中。

一切都是因为徐长江烈士，让他认识了徐锦春，正是那一双清澈的眼睛，一下子就走进了他的内心。单调的边防站生活就多了一种色彩，这种色彩可以用青春或者初恋的颜色来形容。

尽管他与徐锦春之间的感觉还只能用暗恋来形容，但此时的暗恋被徐锦春的一张照片打破了，两个人一下子就进入了初恋。黎京生捏着照片的手慢慢地就浸出了汗。

就在这时，副排长苏启祥推门走了进来。黎京生一怔，慌乱中把照片揣进了怀里。但他惊慌的动作，还是被副排长苏启祥看到了。

苏启祥是山东兵，说着一口山东话，和黎京生是同一年的兵。苏启祥的脸上总是油光光的，一茬又一茬的青春痘风起云涌着。没事的时候，他就拿着一面小镜子，左左右右地去看自己那张青春勃发的脸。苏启祥是农村兵，最大的理想就是入党、提干，他的口头语是“俺农村兵不能和你们城市兵比呀，俺得奋斗哇”。他在黎京生这批城市兵面前，显得很是谦虚，有时就谦虚得过了头。他经常用庄稼来比喻城市兵和农村兵，他说城市兵是长在没涝没旱的风水宝地，不用想，一年到头也会有个好收成。农村兵哪，就长在了盐碱地里，有了好收成，那是风调雨顺的结果；没有收成，那也是正常年景。他还经常冲身边的城市兵说：你们行啊，进步不进步的都不重要，重要的是你们都有个工作。俺们可不行，在部队没个出息，俺回家还不是得挖地球去。

苏启祥怀着农村兵普遍的心态，在边防站奋斗了四年，努力了四年，终于提干了，成了边防站的副排长。黎京生比他早提干半年，先是副排长，后来就是排长了。排长的级别是二十三级，副排长在当时的部队序列里号称“二十三级半”，职务相当于现在所说的实习期，实习期一过，就理所当然地升为排长了。

苏启祥和黎京生是同年兵，黎京生此时是排长，他还是实习级别的副排长，他就经常感叹道：黎排长，还是你行呀，你们城里人长在风水宝地，俺们可是生在盐碱地啊。

他虽然是这么说，心里还是知足的，毕竟是部队的干部，怎么也是吃国家饭的人了，这对世代农民出身的苏启祥来说，他知足了。

每周六去烈士徐长江家里做好人好事，苏启祥也是去过的，但他对徐锦春一家的态度与黎京生大相径庭。在他眼里，徐锦春一家是城里人，日子过得再差，也是有工作的。只要有工作，就不愁吃喝。

边防站每周六去徐长江烈士家做好人好事，他是第一个提出反对意见的。在排务会上说：俺觉得没有必要每周都去，徐长江烈士是为了给俺边防站送信牺牲的，俺应该尊重，但俺们的任务也很重，年呀节的，去慰问一下，俺觉得就可以了。也就是表示个意思。

他的想法遭到了大多数人的反对，许多战士红着眼圈说：副排长，俺不那么看。徐长江烈士是为咱们牺牲的，咱们吃点苦算啥，还是应该尽咱们的一点儿心意。

苏启祥就低了头说：俺吃点苦没啥，俺是心疼那些战马呀。它们巡逻跑了一天，再往镇里跑，呼哧呼哧的样子，俺看了心疼。

副排长苏启祥是个爱马的人，他不仅爱马，一切活着的生灵，他都表现出了强烈的爱心。每天巡逻回来，他都会亲自为战马喂料，拍拍这个，摸摸那个，说：伙计，多吃点儿。然后，又对另一匹马说：伙计，吃好些啊。

他望着马的眼神是柔情的，有时眼里还有一种波光盈盈的东西在闪。

在边防站，苏启祥和黎京生住在一个宿舍，但两个人却像是两条道的车，总是一个往东，另一个奔北。

黎京生为了徐锦春的照片惊慌失措的时候，苏启祥却是一副处变不惊的样子。

他冲黎京生笑笑，眯了眼睛道：黎排长，把啥宝贝藏起来了？

黎京生就说：没，什么宝贝不宝贝的。

苏启祥仍笑眯眯的，坐在床上卷烟。烟是那种烟叶子，纸就多种多样了，大都是报纸，一条条地裁了，厚厚的一沓，摆在床头，伸手拿过一张，从口袋里捏出一撮烟叶，很熟练地卷了，然后烟熏火燎地吸起来。

苏启祥吸烟的时候是一副很享受的样子，透过烟雾，他冲黎京生说：黎排长，你是谈恋爱了吧？

这一句话击中了黎京生的软肋，他呼吸急促地说：开什么玩笑，谈什么恋爱？

苏启祥狡黠地笑道：你的眼睛瞒不住俺。

黎京生只能冲苏启祥不尴不尬地笑了一下。

徐锦春这一张小小的照片，犹如一把利箭，刺破了横亘在两个人之间模糊的隔膜，天空仿佛一下子就放晴了。

黎京生开始失眠了。他躺在床上，在梦中会突然醒来，眼前便满是徐锦春的影子。平日里留在他记忆中的徐锦春变得生动起来，她的笑容，她的眼神，片段似的一遍又一遍地在他的眼前播放着。失眠的滋味，痛苦而又甜美，有时他忍不住从床上爬起来，摸出徐锦春的照片，在月光中一遍遍地摸索着。他看到她在微笑着看向自己，目光清澈而明亮。黑暗中的黎京生仔细地体会着一份初恋的感觉，内心却像装满了一锅沸腾的水，炽热而蒸腾。

苏启祥不知什么时候爬了起来，坐在床上开始卷烟。他经常这样半夜爬起来，卷烟来吸，样子很像个农民。

黎京生对苏启祥这种做派很是反感，每次都会开门开窗的。苏启祥知道黎京生的态度说明了什么，就趿着鞋，躲到门外去吸。吸完一支烟，在外面呆坐一会儿后，再吸，吸饱了，才回到屋里，悄没声地上了床，叹口气，再次睡去。

这次，苏启祥没有出去，他叹了口气说：排长，说你谈恋爱，你还不承认，照片上的人不就是徐锦春吗？

黎京生只好哑然。

苏启祥又咳了一声：俺说句实话，也许不中听啊。

黎京生望着朦胧中的苏启祥，烟头在苏副排长的眼前明灭着，时而清晰，时而朦胧。

苏启祥就哑着声音说：她配不上你。

黎京生听了这话，吃了一惊，忙披上衣服坐了起来，照片被他小心翼翼地放在了贴身的口袋里。

苏启祥看了他一眼，才慢悠悠道：你是北京人，那是全国人民的首都啊。你们首都人见多识广，就是捡破烂儿的，也比农村出来的人见识多哩。

黎京生忙制止道：苏副排长，你别乱说，这话不对。

苏启祥就嘿嘿笑了起来：黎排长，你不可能在边防站干一辈子。你有文化，有见识，过不上两年，守备区就会把你调走，你在守备区也不会干一辈子。接下来，你还得回北京，谁不愿意在北京生活呀。那是首都，要啥有啥，徐锦春就是个镇上的姑娘，她咋能配得上你？

黎京生复又躺回到床上：你别乱说，什么配得上配不上的。

在苏启祥这样的农村兵眼里，黎京生是首都人，见多识广，很是优越，他就不该留在部队提干，和他们农村兵争抢这个名额。他应该去他该去的地方，在北京工作，成家立业，那才是他黎京生应该拥有的。

而对于黎京生来说，他从没有把自己当成大城市的人，他就是边防站的普通一兵，戍守边防是他的责任。当然，自己同意提干，隐隐约约似乎和徐锦春有一定的关联，却又似乎无关。总之，他下定决心留在边防站，更多的是一种激情的燃烧。他说不清这份激情来自何处，却时时被涌动着想做出一番事业。复员回家，找一份稳定的工作，然后是成家立业，似乎一下子就让他看到了人生的结局。他的理想是，要让自己的人生充满跌宕与起伏，就像走进他心里的徐锦春，充满了期待和新奇。

边防站的任务就是巡逻，每天早晨都会有两个班出去巡逻。边防站处于他们所负责的边防线的中间部位，为了节省时间，两个班会分头巡逻，风雪无阻。

这天，黎京生带着一班向西而行。苏启祥副排长带领三班向东出发，二班留守在边防站。

两队人马，在天色微明时分，踏上了巡逻的道路。

眼前的一草一木，对黎京生来说熟悉得不能再熟悉了。四年的边防站生活，他早已习惯了这里的一切，然而每次看到熟悉的界碑时，他仍然忍不住内心的那份激动，骑在马上的身体，会不自觉地挺起来，背着初升的太阳，在一节一节地长高。

对面的边防军人，有时也会列队走过来。尽管距离遥远，但毕竟代表着自己的国家，这时，黎京生会命令战士们唱起军歌。高亢、激昂的旋律顿时响彻天空。

边境线另一边的士兵，似乎早就熟悉了这样的旋律。军歌声中，两支队伍相向而去。

没有雨雪的日子里，巡逻任务两个小时就可以结束了。走到五十一号界碑时，远远地，他们就看到另外一个哨所的士兵，也骑着马向这边走来。天气好的时候，两个哨所士兵会从马上下来，聚在一起，开几句玩笑，打听一下战友的情况。然后，摘下腰间的水壶，喝上几口，上马，返回边防站了。

骑在马上的黎京生这回走在了队伍的后面，望着眼前骑在马上的一队士兵，看看身旁的国境线，他就又想起了徐锦春。初恋的焦灼和甜蜜，又一次鼓噪着他的内心。

完成巡逻任务的黎京生，忍不住从怀里掏出了徐锦春的照片。他看了一眼，又看了一眼，一副爱不释手的样子。他眯了眼睛，远远近近地打量着照片上的徐锦春，仿佛她就在他的身边。他的脸一下子就热了，心跳也加快了。

就在黎京生骑在马上，捏着徐锦春的照片，沉浸在爱情的遐想时，林地里猛地刮过一阵风，“倏”地把黎京生手里的照片抢走了。风挟裹着树叶，连同那张照片，在他面前打了一个旋，便越过了国境线，洋洋洒洒地飘到了界碑的另一边。

黎京生惊呼了一声，跳下了马。他下意识地向前猛跑两步，最后，还是在界碑前立住了。

前面的士兵也停了下来，魏班长跑过来：排长，出什么事了？

黎京生的目光追随着那张照片。徐锦春的照片像捉弄他似的，忽左忽右地翩跹一番之后，还是落在了界碑那边的草地上。

黎京生只能呆呆地立在那里了。

战士们聚了过来，不知发生了什么事，都顺着排长的目光向远处望过去。

这时的黎京生清醒了：没什么，大家别聚在这里，回去吧。

战士们又重新骑在了马上。黎京生是最后一个上马的，他的目光仍驻足在界碑的那一边。近在咫尺，却不能取回心爱的照片，此时的他只能听着马的脚步声将他带走。这时，他看见对方的一列士兵向这里走了过来。

黎京生痛苦地闭上了眼睛，心里一阵发空。徐锦春的笑，随着风倏然而去。

在黎京生的眼里，那不是一张简单的照片，那是徐锦春的一颗心，是留在他身边的一个念想。这份念想就这样飘走了，他的心一下子，空了。

徐锦春

徐锦春自从寄走那张照片，她的一颗心终于安定了。接下来，她就剩下等待了。她想等黎京生的回信，也更想见到黎京生本人。他在回信里能说些什么呢？她不得而知，但她无数次地设想着，她见到黎京生的场景。她甚至会想，两个人再见时还会脸红心跳吗？以前，他们只是一种暗恋，一张照片寄过去，两个人的关系就挑明了，再见时，他们又会是什么样子呢？

又一个星期六的下午，徐锦春专门请了假，在家里等着边防站的战士们。确切地说，应该是在等黎京生。她早早就烧好了水，把装白糖的罐子也从床下搬了出来，她要把自己的绵绵情意传达给黎京生，让他感受到，这里也是他的家。

正像徐锦春预期的那样，她等来了边防站的战士们，可这次黎京生却没有来。这个周末的下午，他要向边防营指挥部汇报工作，就由副排长苏启祥带着一个班，如约而至。

徐锦春一直站在门口等着这些子弟兵，直到所有的人都进了院子，她还守在门口张望着。

苏副排长凑过去说：黎排长在边防站值班，汇报工作，来不了了。

徐锦春忙掩饰道：噢，没什么，我就是随便看看。

战士们忙着挑水、劈柴、扫院子，徐锦春就走进屋里，往每一只碗里倒上水，加了白糖。手里忙活着，可是心里却是空的，脚上一点力气也没有。她从屋里忙到屋外，像踩在一团棉花上，虚飘飘的。

苏启祥似乎看出了她的心事，走过去，冲徐锦春笑笑：黎排长下周就会来的，他今天真的有事。

徐锦春赶紧也笑一笑，故意轻描淡写地说：没关系，你们谁来都一样。

苏启祥蹲在地上，熟练地卷起了纸烟，然后深一口浅一口地吸起来，他随意地说道：黎排长是首都人。

她说：哦，我知道。

他还说：首都是北京，那是个大城市啊。

她应道：哦。

他又说：咱这边防站地方太小，养不了黎排长这样的大鱼，他迟早会回到北京的。

她望着苏启祥，一时半会儿没听懂他话里的意思。

苏副排长的目光就越过眼前的烟雾，虚虚飘飘地望着前方说：他和俺们农村兵不一样，俺们农村兵像一粒粒种子，撒到哪里，都能生根、开花。

苏启祥说到这儿，便用目光虚虚实实地瞟着站在他身旁的徐锦春。

单纯的徐锦春并没有听明白苏启祥想表达的真实意思，就说：黎排长也是一粒种子。

苏启祥听了就哏儿哏儿地笑了两声，然后站起来说：徐锦春同志，你看还有什么活？

战士们已经忙完了该干的活，正在院子里说笑着。

徐锦春突然抬起了头：苏副排长，我向你提一个要求，行吗？

苏启祥把手里的烟屁股扔了，严肃、认真地说：行，你说。

徐锦春就把憋在心里已久的想法说了，她说：边防站离这里也不近，家里的活我们自己能干，以后你们就别来了。

在这之前，她也和黎京生提过这样的要求。黎京生只是笑一笑，没说行，也没说不行，到了周六该来还来。

苏启祥听了徐锦春的话，马上正色道：这可不行，俺们做这些是得到营里和守备区认可的。你父亲是烈士，是为俺们边防站送信牺牲的，俺们做这点小事算啥。

苏副排长说得很真诚。

徐锦春又说：太麻烦你们了，家里这些活，我和我妈能干。

苏启祥忙说：你们孤儿寡母的也不容易，这里连个男人都没有，挑水、劈柴这些事，本来就是俺们男人的活。

徐锦春听了，也就不好再说什么。

苏启祥不知为什么，自顾叹了口气：唉，这家里要是没有个男人，就没了大树。

说到这儿，他有些动情，眼里有晶亮的东西闪过。

徐锦春听了，似乎也有些触动，想着两个还没有成年的妹妹，心里也沉甸甸的。想起父亲去世时，自己还在读高中一年级，那时只有母亲一个人在木材加工厂上班，一家四口，就靠着母亲一个人的工资养活，家里的确很困难。现在她工作了，能为母亲分担一些压力，但在她的内心深处，始终为没有当上女兵而深深遗憾。

边防站的战士们一阵风似的走了。苏启祥在上马前，冲徐锦春又说了一句：俺们农村兵能吃苦，以后家里有啥事，尽管找俺。

说句心里话，徐锦春对每一个士兵都充满了感情，一是羡慕他们，她从小就对军人充满了好奇式的崇拜。因为父亲就是参加过抗美援朝的老兵，她天然地对军人就有一种亲近感。当然，在这些军人中，黎京生应该说是个例外。两个人不但相互有着好感，如今自己又把一层薄薄的窗户纸给捅破了，她现在唯一需要的，就是等待着黎京生的反应。

可是，她没有见到黎京生，也没有接到他的回信。她在那个晚上失眠了。

大妹妹徐锦秀写完作业，见姐姐仍大睁着眼睛，望着天棚发呆，忙脱衣上床，挤到她身边，搂着她的脖子说：姐，干吗不睡觉呀？

徐锦春睁着一双乌亮的眼睛说：你还小，你不懂。

徐锦秀就嬉笑道：姐，你恋爱了？

妹妹的话，让她大吃了一惊，她一脸严肃地盯着妹妹：别胡说！

说完这句话，她的心里却虚弱得要死。

徐锦秀嘻嘻哈哈道：姐，你别骗我了，你和黎排长的事我早就看出来了。

徐锦春急了，佯装着举起了手：你再乱说，我可就不客气了。

徐锦秀一边躲闪着，一边说：黎排长那么优秀，人又长得精神，说起话来也好听，换成是我，我也会喜欢他。

说着，徐锦秀又认真地看了姐姐一眼：姐，我说真的，你要是能让他做我的姐夫，我举双手赞成。

徐锦秀的话，说得徐锦春一阵脸红耳热，她掩饰地说道：你这死丫头，就没个正形。

徐锦秀自顾说下去：这样优秀的人，你就该去抢。听说黎排长是北京人，那可是大城市，什么样的好姑娘没有啊！姐，你可要抓紧，别让他跑喽。

徐锦秀说完，就跳回到自己床上，拿起一本书看了起来。

徐锦春躺着沉思了起来。妹妹徐锦秀的话击中了她的要害，自己已经把那支丘比特之箭射出了，却并未见到黎京生的反应，她不能不忐忑。在这样的夜晚，她无论如何都要失眠了。

黎京生

自从徐锦春的照片被一阵风吹越国境线之后，一种空荡荡的情绪就笼罩了黎京生。

他甚至怕见到徐锦春，怕她提起那张照片。

苏副排长从小镇回来的那天晚上，就一直用一种朦胧的目光看着他。他搞不清苏启祥的目光到底包含了怎样的内容，他想问一下徐锦春的情况。想了半天，还是不知如何开口。

苏副排长笑眯眯地冲他说：她很好。你今天没去，看样子她挺失望的。

黎京生听了这话，心里就“咯噔”响了一下，然后装作一副若无其事的样子，继续整理边防站的记录。

苏启祥又开始浓墨重彩地吸他的纸烟了。他透过层层烟雾，带着重重的鼻音道：黎排长，俺问你一句实话，行不？

黎京生就抬起了头，正色地望着他。

苏启祥的样子很庄重，眉心紧紧地拧在了一起：排长，那姑娘俺看对你是认真的。

黎京生的呼吸开始有些急促，他不错眼珠地盯着面前的苏启祥。

苏起祥又说：你和那姑娘是认真的吗？

他看着苏启祥，不明白他为什么要这么问。他没有摇头，也没有点头，只是呆定地望着他。

苏启祥又重重地吸了口烟，烟雾浓浓淡淡地从嘴里吐了出来。然后，他像是鼓足了勇气，说：黎排长，咱们是战友，有句话俺不能不说，有一天你回北京了，你也能娶徐锦春吗？

这个问题对黎京生来说，他还真没有想过，只是被一种初恋的感觉激荡得神摇心旌，不能自已。

苏启祥在烟雾后面咧开黑洞洞的嘴就笑了，他抬起手，拍了拍他的肩膀，不深不浅地说：那我苏启祥祝福你们有个美满的结果。

说完，起身走了出去。

苏启祥最大的爱好就是下象棋，排里有几个老兵和他的下棋水平不相上下，到了周末，几个人就会厮杀上几盘。

屋子里只剩下黎京生一个人，他想找点事情来打发内心的失落与空寂。他拉开抽屉，却一眼看到了徐锦春的信。信封静静地躺在那里，里面的照片却杳然无踪。呆愣片刻，他越发地思念起徐锦春了。他忽然有了向她倾诉的愿意，于是找来了纸笔。他要给她写信了。

锦春你好：

你寄来的照片收到了。

写到这里时，他写不下去了，他又想到了那天巡逻，照片被风吹落的情景。他痛苦地闭上了眼睛。如果那张照片还在，他会一边看着她，一边给她写信，那该是多么幸福啊。过了半晌之后，他还是写了下去：

我没有什么送给你作纪念的，也寄一张照片给你吧。这段时间排里工作很忙，下周也不知道能否去看你。先寄上这张照片吧。

接着，黎京生仔细地挑选了一张照片，那是一张他当新兵时，在守备区门前照相馆照的一张标准像。他穿着崭新的军装，两眼放光地望向远方。

边境线上，双方总会在不定期的时间里进行会晤，会晤是双方都有权利提出，形式不等，可以简单，也可以复杂，这要看具体情况。这次会晤是对方提出来的，对方在瞭望塔上打着旗语，向我方发出了会晤的申请。站岗的哨兵便跑向黎京生请示。黎京生走上了瞭望塔，挥着旗子向对方发问：什么级别的会晤？

对方答：最低级别。

黎京生又用旗语发问会晤的时间和地点后，才走下瞭望塔。然后，又通过电台，向营里做了汇报。

每次会晤的级别不一样，要看事情的大小，有时会晤还需要营里的领导出面。遇到更大的事情，守备区甚至军分区的领导也要参加。比方说对边境线的某个界碑竖立的地方有异议，这就需要更高级别的领导协商。或者是百姓家里的牲畜跑到了对方的边界，这种会晤就可以限制在最低级别。

不论是什么级别的会晤，双方都很重视。双方的士兵会穿着干净的军装，列队整齐地在指定的地点碰头。

这一次会晤，黎京生带着全排的人，枪掮在肩上，刺刀也挑了出来，在太阳下一晃一晃地亮着。三十几个兵排成两列，威武地向会晤地点走去。

赶到会晤地点时，对方已经列队在那里迎候了。

在五十一号界碑旁，对方站在界碑的另一侧，带队的少尉站在队伍的前面，手里拿着一个信封模样的东西，等在那里。

黎京生自从入伍到现在，这种会晤已经经历过无数次了，他熟练又沉着地指挥着队伍在界碑的这一侧站定，然后，挥舞着会晤的旗子问对方：你们有什么事？

对方用旗语道：有物品需要归还。

少尉还扬了扬手里的信封。

黎京生向前走了两步，双脚踩在国境线上。对方的少尉也向前走了两步，把那个薄薄的信封递了过来，然后向黎京生敬了个军礼。黎京生同样回了军礼。

少尉冲黎京生友好地笑了笑，甚至还做了一个俏皮的鬼脸。

黎京生望着少尉，心里莫名其妙地就多了一份愉悦。他也冲对方挥了挥手，对方的十几个人在少尉的带领下，列队走出了会晤区。黎京生命令道：敬礼！

参加会晤的士兵，一起举起了右手，向对方表示感谢。

少尉走出一段路，仍回过头冲黎京生灿烂地笑了笑。直到对方的队伍走出了他的视线，黎京生才迫不及待地打开信封。一张照片落了下来。

这是一张他熟悉得不能再熟悉的照片，徐锦春的笑容又一次出现在他的面前。照片失而复得，让他惊喜不已。更让他没有料到的是，对方为了这张小小的照片，竟举行了一次会晤。他有些感动，冲着对方消失的方向举起了右手。

因为这次会晤，徐锦春的照片便在排里曝光了，所有的战士都知道，排长正在和小镇邮电局的徐锦春谈恋爱。战士们都认识徐锦春，这时仍然看稀罕似的把那张照片在手里传来传去。

这张照片本身并不新鲜，是它的经历让每一个战士都感到了新奇。照片竟奇迹般地越过国境线，被对方巡逻的士兵捡到后，又以会晤的形式回到了排长的手上。想想看，又有哪一张照片会有如此传奇的经历呢？然而，黎京生和徐锦春的爱情又会是怎样的一番情景呢？

照片失而复得，让黎京生那颗失落的心，重又踏实了下来。他兴奋，甚至有些感动地看着战士们传阅着那张照片，心里有股说不清的甜蜜在周身扩散着。

战士们在做这一切时，唯有副排长苏启祥一直在冷眼旁观，仿佛自己是个局外人，目光一飘一荡地望着远方。

从那以后，战士们便经常缠着黎京生问：排长，我们啥时候吃你的喜糖啊？

黎京生不说什么，甜蜜地笑一笑。

苏启祥听了，一张脸就苦了。

徐锦春和母亲

徐锦春终于接到了黎京生的来信，不仅有信，还有一张他本人的照片。

如果说徐锦春寄给黎京生那张照片算是投石问路的话，那么黎京生的回信、外带一张照片，就是一种结果了。自从她寄走自己的照片，一颗焦灼的心就悬了起来，现在总算是落地了。对黎京生的投桃报李，她想到过这种结果，但当她真正地得到了黎京生的答复，却还是喜出望外。

那天下班后，她怀揣着黎京生的照片和那封文字简约的信，嘴里哼着歌，回到了家里。

母亲史兰芝已经做好了饭，锦秀和锦香已经放学回来，一家人围着桌子吃起了饭。

自从徐锦春当兵未遂，全家人还是第一次见她这么高兴。史兰芝就用目光瞟着徐锦春，有几次都和徐锦春的目光碰上了，她看看锦秀和锦香，却又欲言又止的样子。

一家人吃过饭，锦秀和锦香忙着去写作业了，母亲史兰芝叫住了徐锦春。

母女二人面对面地坐在了一起。

母亲毕竟是母亲，她看着女儿道：你这么高兴，是不是因为黎京生？

徐锦春在这件事情上并不想隐瞒母亲，她从怀里拿出了黎京生的信和照片，脸红着递给了母亲。

母亲没有去看黎京生的信，却拿起那张照片端详着，她似乎出了口长气，又似乎是在叹息。她望着徐锦春终于说话了：你爸去得早，咱家又是四个女人，是该有个男人了。男人是天，女人是地，从古至今都是这样。

母亲这么说了，徐锦春就红着脸说：妈，我和他八字还没有一撇呢。

史兰芝郑重地看着女儿：黎京生这孩子不错，要模样有模样，要文化有文化，又是军官，将来错不了。你认准的事，妈支持你。

母亲的话触动了徐锦春内心最软的地方，她把自己靠在了母亲的怀里。自从父亲去世后，她已经许久没有和母亲这么亲昵过了。父亲走时她虽然刚上高一，但她毕竟是家里的老大，她要帮母亲把这个家撑起来，她要学会坚强。也就是从那个时候起，徐锦春就和同龄的孩子不一样起来。放学后，从来不在外面逗留，匆匆地赶到家里做饭，收拾家务。等母亲下班后，一家人吃完饭，她才会去写作业。两个妹妹都还太小，帮不上什么忙，撑起这个家就得靠她和母亲两个人。父亲牺牲后，她就把自己看作大人了。

母亲史兰芝也是个情感细腻的浪漫女人，在哈尔滨读过“满洲国”的国高，也就是现在的高中，父母是做小生意的。日本人投降后，内战就开始了，生意不好做，父母就带着史兰芝来到了这边塞小镇，当时的小镇地处边境，也还算安静。父亲在小镇开了一个小店，卖点针头线脑等小东西，日子也算过得去。直到解放后，父母先后亡故，只剩下了史兰芝一个人。

解放后史兰芝就参加了工作，一直到抗美援朝爆发，她和小镇的人们一起忙着支援前线，建设大后方。那时她已经是二十多岁的大姑娘了，很多人都在为她张罗对象，可她一个也没有看上。直到一九五三年，徐长江从部队转业回来，她见到徐长江后，才同意嫁给他。

史兰芝第一次见徐长江时，徐长江留着个平头，人生得浓眉大眼，穿着一身洗得发白的军装，浑身上下散发着一股男人气，看了就让人感到踏实。

见了第三次面后，她就决定嫁给这个当过通信兵的男人。那时的邮电局还叫邮电所，徐长江用肩膀扛起邮袋，像当年在战场上似的，穿梭在大街小巷中。

她望着徐长江那双健美的腿，就想：这是一个比风跑得还快的男人。他有力气，走路都能带起风来。就是这样的一股风，把自己刮到了他的身边。

她一口气为徐长江生了三个女儿。就在一家人享受天伦之乐时，徐长江在那场暴风雪中牺牲了。一个完整的家就塌了半边。

史兰芝是有知识、有文化的人，从当姑娘时就喜欢看书。才子佳人，花前月下的描写浪漫爱情的书，她都爱看。在哈尔滨时，她最爱往戏园子跑，崔莺莺、林黛玉的戏，她也都看过，当然薛宝钏苦守寒窑的故事，她也是看得泪眼婆娑。人生的悲喜便悄然无声地注入她的生命里，青春也就有了幻想和期待。戏中的人物时常感染着她，到了小镇后，看戏的机会少了，但她仍勤奋地读着书。这么多年过去了，只要有了空闲，她仍会翻看上几页书，让少女的往事再一次走近自己，女人的内心就变得丰富了起来。

在史兰芝的世界观里，军人是最具责任感和让人踏实的人，当初她支持徐锦春去当兵，就是出于这样的原因。军人才是一棵真正可以遮风避雨的大树，自己的爱人就曾经是一位军人，这么多年来，她从来没有后悔过自己在感情上的选择。如今，轮到女儿找对象了，她仍然还是这个标准。

在黎京生和徐锦春来往的过程中，两个人之间的眉目传情，以及种种细微的感觉，使史兰芝意识到，他们之间将会有故事发生。果然，水到渠成的样子。

此时的母亲史兰芝和女儿一样的高兴。

在这个温馨的晚上，母亲揽着女儿徐锦春的肩膀，无声地流下了两行热泪。泪水一点一滴地砸在女儿的脸上，徐锦春伸出手，替母亲抹去了脸上的泪。两个人静静地坐在黑暗中，许久，史兰芝轻叹一声：你爸他地下有知，也该闭眼了。

提到父亲，徐锦春就想到了黎京生。自认识黎京生那天起，她就隐约地觉得，黎京生身上的那股劲儿，似曾相识。后来，她就想到了父亲。一旦有了这样的感觉，黎京生在她的心里一下子就变得亲切起来。隐隐的，她在心里把他当成了一棵像父亲一样的树，高大伟岸，可以依靠，为她、为这个家遮风挡雨。这是她在失去父亲后，第一次感受到了安全和踏实。

那天晚上，徐锦春失眠了，她忍不住一次又一次地拿出黎京生的照片，用手电照着，仔细端详。黎京生就在她眼前变得一会儿抽象，一会儿具体。

终于，她关掉手电，把照片放到了枕头下面，黎京生又开始在她的眼前生动、具体了起来。他冲她笑着，那一口北京话也真实地涌在了耳边。

不知过了多久，她才沉沉地睡去，梦里又是另一番景象了。

思念是幸福的，也是焦灼的。恋爱中的徐锦春走路总是轻飘飘的，她会无端地发笑，或者冲着某个地方愣神，一副典型的恋爱中人的模样。

这天，徐锦春下班回来，径直钻进了和徐锦秀合住的房间。她现在几乎养成了一种习惯，回到家的第一件事就是从枕下拿出黎京生的照片，看上两眼后，才能再去做别的。今天自然也不例外。她把一双手放到枕下去摸时，那里却是空空的，她惊诧地掀起了枕头——照片连同那封信，不翼而飞。正在她疑惑时，徐锦秀在她身后笑了起来。

徐锦秀正举着黎京生的照片，冲她笑着。她回身一把夺过照片，冲妹妹喊道：干吗乱动人家的东西？

徐锦秀就笑嘻嘻地说：姐，我什么时候管他叫姐夫啊？

徐锦春红了脸：别瞎说。

看你脸都红了，还不承认。

徐锦春把照片收到抽屉里，锁上了。

妹妹徐锦秀看见，撇着嘴说：看你，又没人跟你抢。

徐锦春佯装着伸出手去打她，徐锦秀早咯咯笑着跑出去了。

徐锦春和黎京生的关系，终于从地下浮到了地上。他们的爱情也和所有人的爱情一样，美好而又难忘。

爱　　情

在思念的煎熬中，两个人又一次见面了。

仍然是周末的下午。

这次来的只有黎京生一个人，他牵着马，站在徐锦春家的门前，马已经跑得通身是汗了。一路上，黎京生马不停蹄，他一遍遍地策马扬鞭。这一次，他没有让战士们一起来，这个决定是他做出的，昨天在巡逻中遇到暴风雪，好几个战士都被冻伤了。今天一早，又有几个战士感冒，于是，他决定边防站除了值班站哨的，其他人都放假休息。

当他一个人站在徐锦春家的门口时，心从未有过这般忐忑。以前每次来，他都会带着几个战士、几匹马，旋风似的，说到就到了。到了门前，战士们说说笑笑着就涌到了院里。

此时，他忽然感到了一份紧张。定定神后，他伸手拍响了大门。他不知道自己第一眼能不能看见徐锦春，但他还是把丰富的表情挂在了脸上。

门开了，他没有看到徐锦春。

史兰芝打开了门，他忙换了一副表情：阿姨，您在家哪？

史兰芝看了眼黎京生，又向他身后看了一眼，惊诧地问：今天怎么就你一个人？

黎京生就把战士们遇到暴风雪的事说了。他一边说，一边去拿扫把和水桶。

史兰芝拉住黎京生说：别忙了，锦春昨儿个就把家里的活干完了。

黎京生看看盛满水的缸和墙角那垛劈好的木绊子，再看看一尘不染的院子，就手足无措起来。

正在他愣神的工夫，史兰芝已经把他拖到了屋里。家里的一切似乎早就做好了准备，茶已沏好，正袅袅地冒着烟，桌子上摆满了各种干果。

黎京生看着眼前的一切，感到既熟悉又陌生，还有一种不知如何是好的感觉。他有些局促地坐在那里，手脚一时不知往哪儿放好。

史兰芝走到另外一个房间，让正在写作业的徐锦秀去叫锦春回来。

徐锦秀的样子很不高兴，想和母亲争执什么，但看到母亲严厉的眼神，只好把不情愿吞到肚子里，扭着少女好看的腰身，一蹦一跳地跑了出去。

史兰芝复又回来陪着黎京生。自从她意识到女儿和黎京生有了这层关系，她显得比女儿还要高兴。丈夫牺牲了，这个家就再也没有男人了，仿佛没有了树的原野，空寂肃杀。她对军人也有着天然的好感，如果丈夫徐长江没有当兵的经历，她也不会嫁给他。眼前的黎京生她是熟悉的，刚见黎京生的时候，他还是个战士。记得第一次黎京生和一群战士来到她家时，他脸还红着，很新鲜地打量着这个小院。别人介绍黎京生是北京兵时，听着他一口标准的普通话，她的心里像流过一脉清澈的溪水，叮咚悦耳。以后，她就开始关注这个叫黎京生的北京兵了，在她的眼里，黎京生是这批兵中最优秀的，不仅长得英俊，人也机灵，处处显得与众不同。

果然，没有多久，黎京生提干了，当上了边防站的排长。母亲史兰芝做梦也没有想到，自己这个家竟能与黎京生有这么近的关系，她替女儿高兴，也替这个家放下了一颗心。如果黎京生能走进这个家，那将是一个最完美的结果。

她看着眼前的黎京生喜不自禁，热情地招呼着他，黎京生就真的有一种客人的感觉了。他没有想到这次过来，会是这样的一种结果。

徐锦秀一溜小跑着去邮电局找徐锦春，见到姐姐就咋咋呼呼地喊：黎排长来了，妈妈让你快回去。

周六这一天，徐锦春都是在一种魂不守舍的状态下过来的。她总是走神，无法集中自己的精力，有几次分错了信件，被组长发现了，及时纠正了过来，弄得她很不好意思。组长是个大咧咧的中年妇女，可在分拣信件的过程中从未出现过失误，组长就说：锦春，你今天是怎么了？

徐锦春也不好说什么，忙埋下头去做手里的事。

到了下午，她的心就长了草。上午的时候信件就分拣完了，周六的下午就是雷打不动的政治学习，所谓的政治学习就是每个人找一份报纸看。邮局历来不缺报纸，徐锦春手里拿着报纸，白纸黑字在眼前过，可她根本看不清报纸上写了什么。

妹妹徐锦秀的一声喊，差点让她晕过去，她不知怎么和组长请的假，也记不得自己是怎么走出的邮电局。一直走到了大街上，她才想起问徐锦秀：今天就黎排长一个人来？

徐锦秀走在前面，头也不回地说：你不信就回家去看，他正在屋里和妈说话呢。我看他这次可是专门冲着你来的。

徐锦春听了妹妹的话，头一下子就晕了，身子很轻，双腿一点力气也没有。徐锦秀很快就把她落下了一截，徐锦秀回头喊道：姐，你是怎么了？我可不等你了。

说完，迈开脚，在前面噔噔地走了。

徐锦春此时恨不能一下子就回到家里，看一眼朝思暮想的黎京生，可一双腿却不听使唤。昨天夜里下了一场雪，四周都是白茫茫一片，晃得她眼睛都睁不开了。

她一脚高、一脚低地终于回到了家里。路上的这段时间，在她的感觉里仿佛有一生那么漫长。当她手扶门框立在家门前时，她的心脏都快跳出胸膛了。她首先看到的是黎京生骑来的那匹马。果然，这里只有一匹马，看来真是他一个人来了。

挪着步子走进屋里时，她终于看见了黎京生。她不错眼珠地望着坐在那里的黎京生，嘴里却变腔变调地说了句：妈，我回来了。

母亲毕竟是过来人，赶紧站起来，冲黎京生笑笑：孩子，你们说话，我出去有点事，一会儿就回来。

在这期间，母亲和黎京生已经聊得很透彻了，她以未来岳母的身份，详详细细地把黎京生的情况了解了，知道他的父亲在一家仪表厂工作，母亲在街道上班，住在离天安门很近的南池子。此时，史兰芝的心里就绘出了一张简易的北京地图，在那个叫南池子的地方住着黎京生一家。

史兰芝离开后，屋里只剩下一对青年男女了。四目对视，一时竟没有说话。黎京生憋了半天才说：累了吧，快坐下暖和暖和。

徐锦春听了，顿时有一种想哭的感觉。她坐在刚才母亲坐过的那张椅子上，直到这时才长吁出一口气。她讪讪地说了句：你来了？

黎京生笑了笑，有些勉强的样子，他硬着头皮说：我来是帮你家干活的，可家里的活都让你干完了。

徐锦春终于平静了下来：这些活我能干。你们那么远的赶过来，还让你们干活，我们一家人过意不去。

黎京生就有些失望地说：看来，我们以后没有必要每周都过来了。

徐锦春突然道：不！

此时，她才知道自己说漏了嘴，脸顿时酡红一片，猛地低下头，绞着自己的一双手。

黎京生望着眼前的徐锦春，心里动了一下，又动了一下，他鼓足勇气，伸出手，捉住了徐锦春绞在一起的手。徐锦春的身子只抖了一下，便用自己的手也抓住了黎京生。两双手用力地胶粘在一起，呼吸也开始变得急促起来，年轻的血液在身体里热烈地撞击着。

他说：我的信你收到了吗？声音很轻，像梦里的呓语。

她也轻声“嗯”了一下。

接下来，就只剩下四目相视了。似乎有许多的话想说，却又不知从何说起，他们只能用眼神交流着，两只手紧紧地攥在一起。

就在这时，妹妹徐锦秀突然撞开了门，两个人忙触电似的分开了。

眼前的一幕还是被徐锦秀看到了，她“呀”了一声，很快又跑开了。

徐锦秀也是大姑娘了，明年就要参加高考，她马上就明白了眼前的一切。

徐锦秀的突然闯入，使两个人都清醒了过来，黎京生赶紧说了句：哎呀，时间不早了，我该回去了。

徐锦春不说什么，两只眼睛就那么水汪汪地望着他。

史兰芝已经从外面回来了，正在厨房里忙碌着。听说黎京生要走，忙跑过来说：孩子，你不能走，一定要吃了饭，阿姨就快把饭做好了。

在史兰芝的心里，已经把黎京生当成了自己的孩子，此时就连称谓都发生了变化。

徐锦春也用眼睛挽留着黎京生。黎京生望着徐锦春的目光，心里宛如漾了一泓秋水。

徐锦春帮着母亲在厨房里忙着，黎京生在院子里找着活干了起来，此情此景就别有一番味道了。

母亲和徐锦春一边做饭，一边聊着：京生这孩子真是不错，人家是大地方的人，到了咱家一点架子都没有。

徐锦春不说什么，脸微微地泛着红。

那天是史兰芝一家在徐长江走后最开心的一次晚餐，一家人围坐在一起，说说笑笑着。

徐锦秀的脸依旧红着，她甚至不敢再去看姐姐和黎京生一眼。

冬天，天黑得早。吃完饭，天就暗了。

黎京生站起了身：阿姨，我该回去了。

史兰芝望着窗外：天都黑了，不会有事吧？

黎京生看着徐锦春说：没事。我快点走，一个多小时就到边防站了。

徐锦春送黎京生走到门外。月亮已经露出脸了，青灰色的月光映在雪地上。

黎京生牵着马，和徐锦春并肩往前走着，脚下的残雪发出了咯吱咯吱的响声。

她轻声地问道：下周你还来吗？

来！他肯定地说。

她说：你给我写信吧，我喜欢看你的信。

他说：我也愿意看你的信。

那以后咱们就多多地写信。

好，那就写信。

两个人说着，就走到了镇外，黎京生止住了脚步：别送了，我走了。

说完，上了马。两个人，一个在马上，一个在马下，用力地互相望了对方一眼。

他说：那我走了。

别忘了写信。

忘不了。

马终于走了。清脆的马蹄声搅乱了雪地的宁静。

她一直望着那匹马消失在自己模糊的视线里。

爱情的味道永远是甜蜜的，徐锦春像喝醉了酒似的回到了屋里。她的脸一直在发烧，进门后就更是热得不得了。

徐锦秀看着姐姐的样子，捂着肚子大笑了起来，一边笑，一边说：姐，你的脸是不是被熊瞎子咬了。

徐锦春听了妹妹的话，脸上就更热了。她满屋子追着妹妹，掩饰着自己的慌乱。

晚上，躺在床上的徐锦春无论如何也睡不着了，窗外的月光明晃晃地映进来，更是让人睡意全无。

母亲房间里的灯一直亮着，睡不着的徐锦春推开了母亲的房门。小妹徐锦香已经睡熟了，母亲正坐在灯下给锦香做着衣服。

母亲抬起头，看了她一眼，这一眼让徐锦春感受到了来自母亲的温暖。自从父亲去世后，锦春就感到自己长大了，同时也感受到自己肩上担子的分量。一个家，四个女人，只有她才能为母亲分担这份责任和压力。此时，母亲的目光让她感到了轻松和安慰。她轻轻地坐在母亲对面，却一时无语。

半晌，母亲悠长地叹了口气，说：咱这个家是该有个男人了，只有女人的家是不完整的。

她望着母亲，眼睛有些发潮。

母亲又说：京生这孩子真要是能进咱家，那也是咱们的福分，你爸知道也能闭上眼睛了。

说到这儿，母亲用手擦了擦眼睛。

徐锦春猛然意识到自己对这个家的重要，其实在这之前，母亲也一直把希望寄托在她的身上，从当兵到工作，又到眼下的爱情，母亲一直都对她充满了期待。

爱情毕竟是美好的。恋爱中的徐锦春学会了写信，她第一次给黎京生写信时并没有更多的文字表达，只是放进了自己的照片。现在不一样了，再给黎京生写信时她无师自通地学会了倾诉，仿佛他就站在她的面前，一直在注视着她。于是，她倾诉的时候就有了方向和目标。

当她的信被分管边防站的邮递员装到邮包里时，她那颗期待的心也同时飞走了。接下来，就剩下等待了。

黎京生的信每次都能准时地飞到她的眼前。边防站寄出的邮件都由她来分发，她会在第一时间拿到属于自己的信。然后，揣着怦怦跳动的心，躲在角落里，急切地把信看了。黎京生俨然成了一个诗人，把一封信写得诗情画意。她在读后，一颗心也花红柳绿了起来。

第一遍看只能算是粗读，等下班回到家里，躲在被子里，打着手电再一遍遍地看时就是细细地咀嚼了。读完之后，她就又有了给黎京生写信的欲望。

以后周六的时候，有时候是黎京生一个人来，有时候他会带着几个战士。但不管怎样，他自己总会晚走一会儿。

他牵着马，她走在他的身边。两个人一边说，一边向镇外走去。

出了镇子，先是一条大路，接下来就是小路，然后就进山了。黎京生来来回回都是这么走的。

俩人说着走着，不知不觉已经走了很远了，徐锦春就惊呼了一声：走这么远了？

黎京生这才意识到真的走很远了。天是黑的，周围深不可测的样子，只有两个人的气息搅乱了这里的宁静。

黎京生就说：我送你回去。

她说：时间不早了，你该回去了。

他不由分说地把她扶上马，自己也飞身上去，马在黑暗中疾跑起来。

她一声惊叫，他就把她抱紧了。风在耳边呼呼地掠过。

她感受着他的力度，也感受到了马的速度。不知不觉中，他们回到了镇子。他把她轻轻地从马上放了下来。

他没有下马，俯身冲她说：我该走了。

她仰头看着他，微喘着，想说点什么，却什么也说不出来。

他伸出手，在她脸上轻抚了一下，马就跑走了。

她脸热心跳地站在那里，梦一般。也正是他这轻轻一抚，在她的心里留下了永恒的记忆。

那一阵子，徐锦春梦里梦外地沉醉在爱河里，不能自拔。她在爱情中给自己和黎京生设计了许多未来。如果照这样下去，他们会结婚，生子，最好是生个儿子，长大了也去当兵，像他的父亲一样。想到未来，她就更加激动不已。

身处爱情之中的黎京生也奔波在小镇和边防站之间，爱情让他勤奋而又忘我。

如果事情没有变故，故事就是后来的故事了。因为变故，故事变成了另外一个样子。在这个变故的过程中，徐锦春又变成了一个见证人。

这天，邮电局突然接到了一份电报。这份电报来自北京，自从和黎京生恋爱后，徐锦春对北京越来越敏感了，只要一有人提到“北京”这两个字，她都会心旌神动。这份电报不仅来自北京，而且还是黎京生的，在那个年代电报意味着一种紧迫和不安。她惴惴不安地看了一眼电报的正文，脑子就立刻空蒙了。电报的内容是家里出事速回。

她看着电报，人仿佛被火给烧着了，心抖颤了起来。

边防站的电报都是随着信件一起送去，昨天投递员刚刚去过边防站，再去也要等到两天后了。

徐锦春拿着电报在几秒钟之内，便决定亲自去趟边防站，把这份十万火急的电报送到黎京生的手中。

上　山

徐锦春拿着电报走出邮电局的时候，天都擦黑了。北方的冬天黑得早，她顾不上许多，向同事借了自行车，向镇外骑去。

边防站的位置她是熟悉的，父亲在这条邮线上跑了近二十年。自从有了边防站，父亲跑的就是这条邮路。她小的时候，父亲无数次为她描述过边防站的地形，什么时候过河，走到哪儿翻山，她的脑子里很早就有了去往边防站的地图。而黎京生的出现，更使这张图变得活灵活现。黎京生每次来或回去时，她都会在脑子里算记着他们走到了什么地方，仿佛只有这样，黎京生才能永久地装在她的心里。

此时的徐锦春满脑子想的都是电报上的那几个字：家里出事速回。家里能有什么事？又可能发生什么？但如果是小事，家里就不会发这份电报。黎京生的事就是她的事，她没有理由不把这份电报在第一时间送到黎京生的手中。

天很快就彻底黑了。自行车骑到山脚下就无法前行了，徐锦春把自行车锁在一棵树下。接下来的路她只能用一双脚去丈量了。

雪积得很厚，积雪中有一条被马蹄蹚出来的路，她顺着这些蹄印走下去。她知道这是黎京生和邮递员的马走出的一条小路。她沿着走下去，心里竟然充满了一种感动。想着黎京生上山下山都走在这条路上，而她此时也走在这里，她不能不被感动。

边防站处于前不着村后不靠店的山上，她在夜路上，放眼望去，周围没有一线灯火。月亮还没有出来，周边黑漆漆的一片，偶尔有一些大自然的声响细碎、真实地传递过来，要是在以前，她无论如何不会有勇气走这样的夜路，而今天她却要在最短的时间内把电报送到。

刚开始，她爬山觉得还有股子力气，翻过一座山后，再去爬另外一座山时，体力便明显不支了。毕竟黎京生他们来来去去骑的是马，而自己靠的就是一双脚。

她跌倒了，又爬起来，喉咙里干得像着了团火，她抓起身旁的雪塞进嘴里，冰冷之后，嘴里就有了一股土腥气。她终于又登上了一座山峰，往山下奔时，脚一软就栽倒了，失去重心的身体没头没脑地向山下滚去。她已经没有力气去挣扎了，一切只能是顺其自然。

一直滚到沟底，她趔趄着爬起来，才感到浑身上下火辣辣地疼。她伸出手，摸了一下怀里的电报，就又奋力地向另外一座山坡爬去。她知道，翻过这座山坡，下一座山就是边防站了。

此时的她真的没有力气了，摔伤的胳膊和腿每走一步都发出钻心的疼痛。她一边流泪，一边呼喊着黎京生的名字，似乎这样，她的身体才会生出一些气力。她跌跌撞撞，连滚带爬着，嗓子也被喊哑了。

在月亮从东方跳出来的时候，黑暗的大地被一片清辉笼罩，她终于看见了边防站，看见了站在门前哨位上的哨兵，她的眼泪不可遏止地滚落了下来。她哑着声音喊了一声：黎京生——

她看见哨兵向她这边跑来。她再也站不住了，手扶着一棵树，软软地栽倒了。

第二天，徐锦春是随着黎京生一同下山的。两个人骑了一匹马，她坐在前面，他坐在后面。他用双手死死地抱着她的身体。她的头被摔破了，腿也受了伤，但她一点也没有觉得疼，内心充满了爱的甜蜜。

昨天晚上，黎京生在见到她的那一刻，几乎惊呆了。当她从怀里取出那份电报，递到黎京生手里时，黎京生只看了一眼电报，便当着众人的面，一把把她抱在了怀里。他湿着眼睛，哽着声音说：锦春，你不该为我受这么大罪啊。

她喃喃着：你家出事了。

说到这儿，她勉强地冲他咧了一下嘴。在那一瞬间，她很有一种成就感。

骑在马上的黎京生忽然附在她耳边说道：锦春，你是个好姑娘，等我回来，就娶你。

她在心里笑了。有黎京生这句话，一切都足够了。

黎京生在把她送到镇子后，就坐汽车去了守备区。他必须在那里请了假，才能坐火车回北京。

黎京生的家

昼夜不停往北京赶的黎京生的情感是复杂的，一方面，他明白家里不出大事是不会给他发电报的。在边防站工作，父母是支持的，但他无论如何也想不出家里到底是怎么了。另一方面，他深深地被徐锦春打动了，为了这份电报，她竟然在夜色中徒步几十公里的山路，把它送到自己的手上。这是怎样的一种感情啊！他看一眼带着体温的电报，再看一眼就要晕过去的徐锦春，他就想到了她的父亲，同样为了给边防站送信而牺牲。当时，他就有了一种想哭的感觉。

有时候爱情也是需要催化剂的，徐锦春此行无疑就是一支催化剂。他坐在开往北京的火车上，眼睛一时一刻也无法合上，眼前一次次地出现着徐锦春的模样。想起她，他的心就热了。

直到下了火车，走出北京站，看着街头的人群，他才找到了这次探亲的意义。

站到家门前，门上的一把锁挡住了他的去路。正在犹豫时，在胡同口副食店工作的牛阿姨风风火火地跑了过来。

他忙喊了一声：牛阿姨。

牛阿姨一见他，眼泪就流了下来。

他急切地问道：阿姨，我家怎么了？

牛阿姨从怀里掏出钥匙说：你家的钥匙在我这儿呢。我琢磨着你今天该回来了，快把东西放家里，你爸妈都在医院呢。

黎京生这才意识到家里真的出大事了，从接到电报到走进家门前，他一直没有想到问题的严重性，但牛阿姨的表情告诉他，父亲真的出事了。

他头重脚轻地在牛阿姨的指点下，跌跌撞撞地跑到了医院。

母亲躺在病床上，身边却没有父亲。母亲似乎已经脱离了危险，眼睛已经能够睁开了，身子却不能动。看见他，母亲只剩下了流泪，嘴里含混不清地说着什么。他一句也没有听清楚，听了半天，他才明白母亲是让他去看看父亲。也许母亲在清醒过来后，就没有见到父亲，她的心里放不下父亲。

在医生办公室里，他知道父亲已经躺在了医院的太平间里。他这才明白，父母是遭遇了煤气中毒。二十世纪七八十年代的北京，老式四合院大都是用煤炉取暖、做饭，每到冬季，时常有煤气中毒事件发生。对于黎京生一家来说，这一次事件令人刻骨铭心。

在太平间，他看到了久违的父亲。

父亲躺在那里，样子有些痛苦。他知道父亲已经等了他许久，望着父亲，他不能相信眼前的一切。小时候，父亲睡觉时，他经常站在父亲的床边等着父亲醒来，那是他想伸手向父亲要钱。此时，他似乎又回到了儿时，悄没声息地站在父亲身旁，等待父亲醒来。等待父亲很舒展地伸个懒腰，然后说：真舒服呀！

不知过了多久，看太平间的大爷走了过来，小声地冲他说：孩子，人死如灯灭，我见得多了。活着的人还得活着不是？

这一句话让他马上清醒了，父亲不是睡了，是永远地走了。他伸出手，又一次抚摸了父亲的脸。父亲的脸冰一样冷，他哆嗦了一下，喊一声：爸！眼泪便汹涌着流了出来。

在太平间的门口，他冲父亲敬了个军礼。

太平间的大门“砰”的一声，隔开了两个世界。

接下来就是处理父亲的后事。

他抱着父亲的骨灰盒，脚步有些踉跄。他不能相信，恩重如山的父亲此时在他的怀里竟是那么轻。

他没有把父亲去世的消息告诉母亲，只跟母亲说，父亲在另外的病房住院呢。他拉着母亲的手，努力不让自己的眼泪流出来。医生告诉他，母亲虽然没有生命危险了，但有可能就此瘫痪。由于煤气中毒导致大脑长时间缺氧，母亲的神经已经死亡了。

母亲一直不会说话，表达起来也是含混不清，只有一双眼睛还能动。他从母亲的目光中感受到了母亲的担心和无奈，他用力地攥着母亲的手，努力把自己的力量传递给母亲。

在悲痛中冷静下来的黎京生想到了自己的处境，父亲走了，母亲瘫痪在床上，这个家里又只有他一个孩子，看来以后照顾家庭的重任将责无旁贷地落在自己的肩上。想到这儿，他竟激灵出一身冷汗，也就是说，他将要脱下军装离开边防部队，离开他心爱的锦春了！

这几天发生在身边的事，他宁愿相信都不是真实的。然而，现实毕竟是现实，父亲生前所在的仪表厂的领导找他谈了，母亲工作的街道办事处的领导也找他谈了话，眼前的事情是明摆着的，他即便不想转业，也得转业。

母亲出院了。出院后的母亲仍然无法行动，受损的神经看来基本无法恢复。好在母亲终于能说出话了，父亲去世的事实在母亲出院后，他婉转地告诉了母亲。母亲知道后，一句话也说不出来，只是不停地流泪。

半晌，母亲哽咽着说：你不说我也知道，在医院没看到你爸，我就明白了。

他望着坚强的母亲，只能用眼泪陪伴着她。

母亲默默地流了会儿泪，示意他替自己擦去泪水后，缓缓地说：人这辈子，生老病死的也就这样了。可你还年轻，正奔着事业，是我们连累了你。

此时的母亲在为自己拖累了儿子伤心、难过。

他一把抱住了母亲：妈，你别说了。

然后，他伏在母亲身边，放松地哭了一次。

现实就是现实，日子还得往前过着。转眼，他的假期就结束了，他不得不回到边防站。

街道办事处临时抽调了一位女同志来照料母亲。在这之前，区民政局和父亲所在的仪表厂及母亲工作的街道办事处通过函件的形式，把黎京生家庭的变故，传递到了黎京生所在的守备区。

黎京生刚回到守备区，就被通知去了政治部李主任的办公室。

慈祥的李主任望着他，好半天没有说话。最后，李主任把北京寄来的信函放到了办公桌上，叹了口气：京生同志，你家里的遭遇让我们感到惋惜。下半年，我们正在考虑调你到守备区的机关工作。

黎京生也慢慢吁出一口长气，红着一双眼睛说：我这辈子也忘不了守备区对我的培养。

后来，鉴于黎京生的特殊情况，经守备区党委研究决定，批准了黎京生的转业请求。

接到转业通知的那一天，黎京生登上瞭望塔，站了他军旅生涯最后的一班岗。他像战士一样持枪立在哨位上，望着眼前的山山岭岭。从入伍那一天开始，他就到了边防站，对这里已经是熟悉得不能再熟悉了——界碑，边境线，头顶上的白云，还有对面的瞭望哨。想到这儿，他就想到了徐锦春的照片。那张照片像护身符一样一直揣在他的怀里，而照片的失而复得更让他感受到了一种缘分。每次只要想起锦春，他就感到了温暖，而此时却有种别样的情绪在心里一点点弥漫。

他就要告别这里了，自己的青春和初恋都将永远地留在这里，留在自己的记忆中。再想到锦春时，内心竟生出一种痛彻心扉的感觉，他在心里说：锦春，你等着我，等我回家安顿好了，我就回来接你。

不知不觉，两个小时过去了，接岗的哨兵来了。他把钢枪庄重地递给了哨兵。回过头，再望一眼熟悉的哨位和眼前的一切，泪水顿时模糊了他的视线。

告　　别

黎京生最后来到了小镇，来到了徐锦春家。还是那座熟悉的小院，此时的黎京生站在院子里，竟有一种隔世之感。就要离开这里了，何时还能再回来，他不知道。这里是他初恋开始的地方。

他一出现在院子里，母亲史兰芝就迎了出来，同时让锦香去邮电局把姐姐喊回来。

黎京生一家的变故，史兰芝母女已经听边防站的苏启祥副排长说了。史兰芝一把抓住黎京生的手，无声地安慰着他。她毕竟是一位母亲，是过来人，当年丈夫徐长江牺牲时，已经让她体尝了失去亲人的滋味，对此她有着切肤之痛。

她只低低地唤了一声：孩子——

黎京生望着史兰芝，就又一次想到了躺在床上的母亲，眼圈立刻红了。

很快，徐锦春就风风火火地跑回来了。

她站在门口，望着眼前的黎京生，嘴唇颤抖着，竟一句话也说不出来——短短的十几天，黎京生就变了一副模样，人瘦了，样子也很疲惫。更重要的是，缀在领边和帽子上的徽章不见了，他现在已经是个转业退伍军人了。

黎京生一家人遭遇的变故，她已经听边防站的人说了。这些日子里，她几乎没有睡过一个踏实觉，脑子里胡思乱想着，好在母亲能够理解她的心情。在许多个那样的夜晚里，都是母亲在陪伴着她。

母亲抚着她的肩膀，轻声劝慰着：看来不仅咱家的命不好，京生的命也不好，咱们两家是同病相怜啊。

她无助地问母亲：京生还会留在部队吗?

当时黎京生还没有从北京回来，边防站关于他的去留问题也是说法不一。

副排长苏启祥有一次背着手，冲她说：黎排长以后不可能在边防站工作了。

她有些气愤地盯着苏启祥追问道：你怎么知道?

苏启祥不去看她的脸，只瞧着自己的脚尖说：他母亲需要他的照顾。

听了苏启祥的话，她曾冲动地想丢下自己的工作，以儿媳妇的身份去照料、伺候黎京生的母亲，好让他安心边防站的工作。但她不知道，就在她还没有来得及把自己的想法说出来，黎京生已经义无反顾地做出了转业的决定。

母亲史兰芝一见到徐锦春回来，就躲了出去。

徐锦春再也控制不住自己，哽着声音喊了声：京生……就扑倒在了黎京生的怀里。

黎京生用力地抱住她，泪水再也忍不住一串串地滚落下来。他用手轻抚着她的后背，半晌，她突然抬起了头：京生，你不该转业。

他怔怔地望着她。

她坚定地说：我可以不要工作，去照顾你的母亲。

他又一次被她的真情深深打动了：别说傻话了，那样太委屈你了。你决不能丢掉工作，这个家需要你呢。

屋里的空气越发变得沉重起来，两个人只是在那里默默地相望着。

终于，她嗫嚅了半晌道：你走了，我该咋办？

这么多天来，这是她的困惑，也是她母亲所困惑的，但都被母女二人压在了心底，谁也没有说出来。现在，当两个人面对着时，她再也忍不住了。如果说黎京生不转业，即便离开边防站，调到守备区工作，他仍然还是一名军人。而守备区所在地离小镇也并不算远，坐几个小时的汽车就到了，他们仍然可以是一对恋人，未来对他们来说是有希望的，也是幸福的。

而此时的黎京生脱下军装，就要走了，摆在他们面前的又将是什么呢？

黎京生在这些天里也时刻思考着同样的问题，但最终还是爱情战胜了一切。他已经想好，等自己回去安顿好后，就把徐锦春接到北京去，他要和她结婚，然后两个人齐心协力地照顾病床上的母亲。

按理说，黎京生描绘的这样一幅蓝图还只能说是草图，在心里还不是那么清晰，但他已经坚定了自己的这份草图，让它安在自己的心里，越来越清晰，越来越坚定。

当他把这份蓝图描绘给徐锦春时，徐锦春也被深深地迷醉了。两个人在即将分离的悲哀中仿佛又看到了光明，是爱情让一对年轻的恋人，暂时忘记了伤感和疼痛。

母亲史兰芝很快就张罗好一桌饭菜。

黎京生坐的是晚上的火车，他将直达北京，那里有需要他照顾的母亲。

饭菜被端到了桌前。一家人坐在那里，却谁也不肯动筷子，屋子里弥漫着离别前的感伤。

坐在桌前的史兰芝用担忧的目光盯着黎京生，吞吞吐吐地说：京生啊，阿姨知道你是个好孩子。可你这一走，不知啥时候还能再回来。

黎京生明白史兰芝的意思，就坚定不移地把自己的想法说了出来。

作为过来人的母亲是理智的，也是实际的。她不无忧虑地望着黎京生叹了口气：孩子，你想得很好，可做起来真的太难了。锦春去了北京，可是连户口都没有啊！

母亲的话说到了问题的实质，这也正是难题的症结所在。在二十世纪七八十年代，户口和工作维系着一个人的基本命脉，如果这些都不存在了，这个人也就成了“黑人”，他的未来可想而知。

爱使两个年轻人变得有些不顾一切了，他们相互鼓励着、劝慰着母亲史兰芝，相信眼前所有的困难都只是暂时的，只要他们彼此能够相爱，一切都可以重新来过。

天渐渐地黑了，离黎京生上车的时间也渐渐近了。黎京生拎着旅行包站在小院里，心情有些别样。就要与这座熟悉的小院告别了，这里的一切曾经是那么的美好而温馨，想到这儿，他又仔仔细细地把院子里的每一个角落都打量了一遍，最后他把目光定在了妹妹徐锦秀的身上。徐锦秀就要高中毕业，正在全力以赴地做着高考的准备，这次他从北京回来，还专门给她捎了几本高考复习资料。

他冲徐锦秀笑了一下说：妹妹，高考时往北京考，到时候哥去接你。

他这样说是为了鼓励就要高考的徐锦秀。在这之前，他已经无数次地向徐锦秀介绍过北京和北京的高校。在黎京生的描述中，徐锦秀早已经悄悄地把自己高考的目标锁定在北京。

此时的徐锦秀听了黎京生的话，心里又多了几分感动，她用力地点了点头。

黎京生又转过头，冲史兰芝说：阿姨，我会来看你的。

史兰芝抹了一下眼睛，哽着声音说：孩子，走吧，以后的路长着呢。回去照顾好你妈。说到这儿，就再也说不下去了。她背过身，走进了屋里。

最后，徐锦春和黎京生慢慢地走出家门，向火车站走去。

月台上，火车还没有进站。站台上有些冷清，两个人站在那里默默地凝视着，一时间有许多的话要说，却又不知从何说起，只是用力地看着对方。

这时，一阵火车的鸣笛声传来，大地随之震颤了起来。火车即将进站了。

徐锦春猛然一把抱住了黎京生。两个人在拥抱对方的时候都是那么的用力，他们甚至明显地感受到了皮肉和骨头的疼痛。忽然，黎京生痛得叫了起来，徐锦春这才意识到自己竟狠狠地咬住了黎京生的肩膀。

火车带着风声在他们的身边停下了。痛楚过后的黎京生傻了似的站在原地，还是徐锦春连推带搡地把他推上了火车。

列车启动了。黎京生透过车窗的脸，很快就在徐锦春的眼前消失了。她长久地立在那里，望着火车远去的方向，忽然蹲下身去，嘤嘤地哭了起来。

守望爱情

分离后的距离，让徐锦春和黎京生的爱情变得美好而浪漫。

鸿雁传书成了他们唯一联系的纽带，身在邮电局工作的徐锦春，总会在第一时间拿到黎京生的来信。

黎京生的心情似乎并不好，他的第一封信简单地通报了自己和家里的情况。回到北京后，他每天都要照顾在母亲身边，同时也在等待着工作的分配。闲下来时，他就会回忆起边防站的日子，还有住在小镇的徐锦春一家带给他的温馨和美好。

每次在单位读到黎京生的信，她都会以泪洗面。回到家里，她会拿出黎京生的照片默默地与他对话。这时，黎京生就又栩栩如生地出现在她的面前。

相聚总是短暂的，分离却是永远。在思念中，他们学会了等待和忍耐。

接下来，她就要给他写信了。她躲在自己的床上，提笔望着天棚，仿佛那是一块幕布，所有的往事都在那里一一上演。她写一会儿，想一会儿。

她是这么写的：北京下雨了吗？小镇这几天下了几场雨，树绿了，整个山也绿了。还记得去年春天，你从山里到小镇，还给我带了一束桃花。我放在瓶子里养了一个多星期，桃花才慢慢谢了。今年春天你不在，我真想再让你送我一束带着芬芳的桃花啊！

写到这儿，她写不下去了，泪水再次浸湿了她的眼帘。她用手把眼泪擦了，思念却不可遏制起来。

妹妹锦秀这时伸了个懒腰，从椅子上站起来，走到姐姐面前。她顺势坐到姐姐身边，瞅着姐姐说：还写哪，一天一封信你不嫌多呀？

她下意识地把信纸上写好的字用手捂住，红着脸说：小丫头，你懂什么？等到时候你就明白了。

锦秀撇撇嘴，两眼有神地说：这次高考，我一定要考上北京的大学，到时候我替你去看姐夫。

考到北京去。这不仅是黎京生临行前对妹妹的鼓励，也是一家人的希望。作为锦秀的姐姐，她真心希望妹妹能考上北京的大学，仿佛妹妹去了北京，自己也就离黎京生近了一步。

此时，她认真地盯着锦秀说：锦秀，你要是能考上北京的大学，姐一定给你买只手表和买双新皮鞋。

锦秀听了，高兴地抱住了她：姐你说话算数啊。

受到鼓励的锦秀再一次坐回到桌子前，继续挑灯夜战，向自己的理想冲刺。在那样一个年代，别说徐锦春一家，就是全国人民面前，北京在人们的心中也是人间的天堂，一座圣殿。在锦秀的心里，她和许多人一样，北京是抽象的，但北京兵黎京生就要成为自己姐夫的现实，让她忽然对北京就有了熟悉般的亲近。她和姐姐锦春一样，在心里一遍遍地想起北京，想起北京的黎京生。每次想起北京，锦秀就感到一阵阵的温暖，疲惫的身体复又充满了力量。

相思是甜蜜的，也是痛苦的，身处爱情中的徐锦春和所有恋爱中的人一样，变得敏感起来，花花草草，月缺月圆，都会让她浮想联翩，触景生情。

黎京生不停地写信给她。他在信中说，他的工作已经分配了，就在父亲工作过的仪表厂上班。母亲现在的身体不好也不坏，仍然躺在床上。他每天上班时，家里都要请邻居帮助照顾。

她读了他的信，心里就异样起来。黎京生在家里所做的一切，理应是她要担起的一份责任，可她却无能为力。作为他的未婚妻，她感到不安。

她在回信中把自己的想法说了。他回信告诉她，自己每一天都在思念着她，等工作稳定一些，他就接她去北京。他在信中还说，他正在帮她联系工作，凭她现在的情况，她的户口很难进京。没有户口，想在北京找工作简直比登天还难。

黎京生找了街道，也找了自己现在工作的单位。他把自己的困难说了，领导一边表示同情，一边也是爱莫能助。

在那个年代，没有工作是万万不能的。而一个没有户口的人，在异地生存只能是被称为盲流。

黎京生的家里的确需要有个人来照应，在他的想象里，如果能和锦春结婚，那是既成全了爱情，又成全了自己。现在他一个男人，又要在外面工作，还要照顾瘫在床上的母亲，如果不是邻居牛阿姨的照应，他早就坚持不住了。

他每天很早就得起来，为母亲做早饭，还要捎带着帮助母亲把中午饭做出来，等牛阿姨帮忙热了，喂给母亲吃。晚上回到家里，第一件事就是为母亲翻身，清洗床单。遇到牛阿姨不在时，不能自理的母亲就会把大小便弄在床上。由于不能及时打扫，母亲就只能沤在那里。看着母亲难受的样子，他就会流出眼泪。母亲看着他也会流泪，她说得最多的一句话就是：京生啊，是妈拖累了你。

母亲为了减少他的负担，最后干脆不吃不喝了，即便吃一些也只是象征性的，锅里的饭常常是几乎没动。刚开始，母亲推说没有胃口，眼见着母亲的身体一天天地消瘦下去，他忽然意识到什么，抱住母亲喊了起来：妈，你这是害我啊。

母亲哭了起来，此时的她心里充满了惭愧，孩子在部队干得好好的，就因为这场灾难改变了孩子的命运，甚至还拖累了儿子的爱情。母亲拉着他的手，一边哭，一边说：孩子，你就别管妈了，妈现在这个样子生不如死啊！妈知道，你难哪，比妈现在还难。

他在母亲面前不想流泪，但听了母亲的话，还是忍不住心酸。他别过脸说：妈，你别说了。这没什么，一切都会好的。等有一天，我把锦春接来，你就有人照应了，到那时，我们这个家就又是个家了。

在这之前，黎京生无数次地跟母亲提起过徐锦春。看过锦春的照片后，母亲就喜欢上了这个女孩子。锦春的模样，正是母亲所喜欢的——端庄而大方。这样的女孩是符合母亲的审美的，况且孩子的事她也不想过多地干预。只要孩子高兴，就什么都好。

然而现实问题就摆在面前，锦春的户口按目前的情况无论如何是不能调到北京的，没有户口，也就无法找到工作。锦春以前是有正式工作的，不可能让她放弃现在的工作，到北京来做一个盲流。这正是眼前最大的问题和困惑。

浪漫的爱情在现实面前受到了挫折。

黎京生是个坚强的人，虽然目前遇到了诸多困难，但在信中仍一遍遍地鼓励着锦春：一切都会好起来的。你的户口和工作我正在想办法，别急，再等等。时机成熟了，我就去接你。

他信上这么说，而现实的希望又在哪里呢？他每天都挣扎在现实生活中，照顾母亲，料理这个家。母亲的身上开始生了褥疮，他一边为母亲清洗，一边暗自垂泪。泪水滴落在母亲的身上，母亲察觉后，定定地呆望着进进出出忙碌着的儿子的身影。此时，她忽然就想到了死。尽管她怕死，但为了儿子，她坚定了自己的想法。

自杀未遂的母亲

母亲想到了死，她希望能用自己的死去换儿子的生。她爱自己的儿子，她多么希望黎京生能够有所作为，然而为了自己，儿子离开了他热爱的部队，这是她心里永远的痛。眼下她睁开眼睛就能看见儿子那张灰暗的脸。以前那么精神的一个人，此时在她的眼里老了有十岁，这都是因为自己，如果没有自己的拖累，儿子还会是那样朝气蓬勃。

母亲已经感受到自己的病好起来将是件遥遥无期的事，医生也已经做了最后的诊断：煤气中毒已经严重损害了她的中枢神经，治愈几乎是不可能的事情。如此，自己的下半辈子将永远地躺在床上。

母亲心疼儿子，每天一下班儿子总会在第一时间回到家里，为她翻身擦洗，端屎接尿。母亲毕竟是女人，每当赤着身体面对儿子时，她有着强烈的羞耻感。可她不去面对，又有什么办法呢？

她现在根本就是个废人，只能拖累儿子。这么想过后，她就下了决心，用结束自己生命的方式换回儿子的解脱。她死后，儿子纵然会悲伤一阵子，但那是暂时的；如果自己不死，独生子就会永远痛苦下去。

早晨，黎京生和往常一样，做好了早饭和母亲吃的午饭，就端着碗去喂母亲。母亲不让他喂，颤颤抖抖地自己去吃，汤汤水水地洒了下来。黎京生强迫着去喂母亲时，母亲的泪水就慢慢地淌下脸颊。黎京生赶紧用手替母亲擦去。

母亲认真地看着儿子，上上下下、仔仔细细地看着，她甚至伸出手抚摸了一下儿子的脸。

母亲说：孩子，都是我拖累了你。

母亲已经无数次地说过这样的话了。

黎京生就说：妈，别说这样的话，谁让我是你的儿子呢。

母亲听了，泪水更加汹涌了。

母亲哽着声音说：京生，妈希望你过上好日子。

黎京生冲母亲笑了笑。母亲说到这儿，他就想到了锦春，在他的心里，未来的生活已经和锦春联系在一起了。想到锦春，一种温暖的感觉慢慢地在身体里升了上来。

黎京生很快地把早晨该做好的事都做好了，他要去上班了。

母亲这时把他叫住了：京生，帮妈把窗子打开吧，妈憋得慌。

窗子打开了，他拉开门正往外走时，母亲又喊了一声：京生……

他就一只脚门里、一只脚跨在门外地望着母亲：妈，有事？

母亲又一次认真地看了他一眼，半晌，冲他笑笑说：没事，妈就是想看看你。

一心急着上班的黎京生没有注意到母亲的异常，回头看了看母亲，离开了家。

不知为什么，那天的黎京生心里始终乱七八糟的，干什么都心不在焉。中午的时候，他想到了母亲早晨时的样子，他坐不住了。和同事打了招呼，骑上自行车就往家跑。开门的时候，他的心里顿了一下。

他冲进母亲的房间。母亲的床是空的，床单拖到了地上，屋子里没有母亲的身影。他喊了一声：妈……就转身去找，最后在厨房里发现了母亲。

不知母亲费了多大的力气爬到了厨房，手里抓了一把刀，另一只手腕在流血。

因为母亲行动不便，母亲这次的自杀很不成功，被黎京生及时送到医院后，很快就抢救过来。回到家的母亲悲痛地哭了起来，一边哭，一边说：妈是个废人了。孩子，你就让妈去死。妈这么拖累你，比死了都难受。京生，你就成全妈吧。

黎京生也哭了，他抱着母亲喊道：妈，我是你的儿子呀，我这么做是报答你的养育之恩。如果你这样离开我了，我一辈子都不会安生的。

说完，母子二人抱头痛哭。

这件事发生后，很快就平静了下来。日子又回到了从前。母亲尽管没有自杀成功，但对黎京生的触动还是很大的。他感到了肩上的责任更加沉重了。

家里的这些变故，他都写信告诉了远在边陲小镇的徐锦春。以前，他都把一切说得很好，让她放心。他一次次地在信中告诉她，他正在为她的工作奔走，把她调到北京还是有希望的。他虽然这么说了，但他自己却没有看到一点希望。该找的单位都找了，政策就是政策，在政策面前，有心想帮他的人都感到无能为力。在他虚幻的世界里，还残存着那么一丝希望。希望总是美好的，现实的世界却是残酷的。

徐锦春知道黎京生转业后的诸多难处，可她却爱莫能助，只能把希望寄托在妹妹锦秀的身上。只要锦秀能考上北京的大学，她就多少可以帮黎京生一把。至少妹妹可以代替自己，做一些原本她该做的事情。也许到那时，她的心才能安稳一些。

当她得知黎京生的母亲自杀未遂的消息，她大哭了一场。

晚上，她站在自家的大门前，向南边眺望。天上有一片星星繁华地挤在一起，她固执地认为，那片繁华的星星下面就是首都北京。那里有着她的未来和梦想。

她期待着奇迹的发生，在那片星星的下面。

北　京

徐锦秀没有辜负姐姐的希望，终于考上了北京的一所大学。拿到大学录取通知书的那几天，锦春比锦秀还要高兴。妹妹这次能够如愿以偿地进京上大学，从锦春个人的角度来讲，也感到自己离黎京生又近了一大步。她没有时间也没有能力去照顾黎京生的母亲，但自己的妹妹至少可以替她尽自己的一份心和力量。这么想过，锦春的一颗心又激荡起来。她一直记着黎京生的话：一切都会好起来的。她想过，只要自己和黎京生真心相爱，她迟早有一天会去北京的，替自己心爱的人分担一丝风雨。

现在，妹妹锦秀终于考进了北京的大学，妹妹便成了她和黎京生之间的纽带。

锦秀去北京上学报到时，徐锦春请了几天假，她要送妹妹去上学。其实，妹妹是不用送的，送妹妹只不过是个形式。重要的是，她要去看看分别了几个月的黎京生。

尽管分别才几个月，在徐锦春的心里，已经有几年那么久远了。他们只能用书信相互沟通往来，这份思念之情像压抑的烈火，一直期待着燃烧的机会。

在这之前，徐锦春已经把进京的消息写信告诉了黎京生。

当她和锦秀走下火车，听着火车站响着播音员的声音，那声音一遍遍地在说：欢迎您来到伟大的首都北京……

那一刻，她的眼泪差点掉了下来。想到出站口的黎京生正等在那里，她的腿便软了，软得几乎都迈不动步了，还是锦秀的话提醒了她：姐，再不走，天可就黑了。

在人流裹挟中，她和锦秀走出了出站口。

车站的广场上到处都是人，喧闹声一浪一浪地传到她的耳鼓。在这片嘈杂声中，她听到了一个熟悉的声音，循声望去，她就看到了黎京生。

几个月不见的黎京生，黑了，也瘦了，但人看起来还是那么精干。

黎京生看到她，挤过人群，向她奔过来。

两个人相对而立，竟一句话也说不出来，两双发潮的眼睛就那么对望着。半晌，黎京生哽着声音说：锦春，你还好吗？

她冲他灿烂地笑了一下，泪水就从脸颊滚落下来。

他伸出手，紧紧地把她的手抓住了。过了一会儿，他才反应过来，忙问：锦秀呢？

锦春这才发现，刚才还在身边的锦秀不见了。目光越过众人去寻找锦秀时，才在一面大学的旗帜下看到了锦秀。

两个人挤过拥挤的人群，来到锦秀身边。黎京生礼貌地和锦秀握了一下手，客气地说了句：锦秀，欢迎你来到北京。

锦秀冲黎京生笑了笑，露出一口洁白的牙齿。眼前的锦秀已不是以前的那个小姑娘了，她现在是大学生徐锦秀，是个年满十八岁的大姑娘了。她亭亭玉立地站在黎京生面前，学会了握手和含蓄的微笑，她已经是个大人了。

见锦秀找到了学校来接站的人，黎京生和锦春都放下心来。他们告别了锦秀，走出车站广场。

车站离黎京生的家南池子并不远，两个人没有坐车，黎京生提着锦春的手提包在前面走，锦春在后面相跟着。

望着黎京生的背影，锦春的心里涌出一股莫名的滋味，她说不清、道不明，这到底是一种什么样的情绪。总之，她有一种想哭的感觉。她的眼前固执地闪现出当排长时的黎京生，骑着马，风一样地出现在她的身边，又风一样地在她的眼前消失。

有几次，她竟痴痴地停下了脚步，望着他的背影出神。他转过身，冲她喊道：走哇。

她这才回过神来。

没多久，就走到了黎京生家。显然，屋里屋外都打扫过了，但踏进门来的徐锦春还是感受到了家里缺少女人的凌乱。

黎京生的母亲知道她要来，在黎京生出门前，就让他用枕头把自己的后背垫了起来。她的目光一直盯着门口，她要在第一时间看到未来的儿媳妇。

果然，徐锦春走进这个家时，一眼就看见了半靠在床上的黎京生的母亲。在没有相见的日子里，她无数次地在心里想象着黎京生母亲的样子，但眼前的一切仍然让她感到陌生和局促。停了片刻，她放下手里的东西，奔向黎京生的母亲。她蹲在床前，捉住黎京生母亲的手，亲热地叫了一声：阿姨。

理智告诉她，这是黎京生的母亲，是她所爱的人的母亲，这个人理所当然地也会成为她的亲人。她以亲人的姿态，面对着眼前的这位老人。

母亲也慈爱地望着身旁的锦春，在她的脑海里，也千百次地把锦春想过了，而眼前这个姑娘就是儿子喜欢的人。尽管儿子给她看过锦春的照片，但照片上的姑娘一点也不生动，现在姑娘活生生地站在这里，她在第一眼看到她时，就喜欢上了这个姑娘。她想用力拉住锦春的手，然而患病的身子却用不上力，她的手在颤抖，泪水就流了出来。

母亲在泪水中，哽着声音喊了一声：孩子……

锦春这时眼里也有了泪花。

母亲又说：孩子，是我拖累了你们，要是我和京生他爸不出事，京生应该在部队的呀！是我拖累了你们啊。

阿姨，我这次来就是来看你的，你不用担心，一切会好起来的。锦春轻声安抚道。

接下来的场面就很通俗了，锦春洗完手，便以一个女人的姿态开始料理这个家。她一边小心地照顾着母亲，一边手脚麻利地收拾着屋子。

黎京生忙着去厨房做饭，母亲就静静地看着眼前的一切。

那天晚上，锦春给母亲喂了饭。在这一过程中，她不时地停下来询问：阿姨，用不用喝口开水？既细心又体贴。

黎京生搬了一把小凳子坐在一边，含笑地看着锦春和母亲。他多么希望眼前的景象能够达到一种永恒。朝思暮想的锦春终于来了，但却是在这样的情形之下，想到这儿，他又有了一种悲哀感，不知何时才能把锦春接来，真正地成为一家人哪。

有了一个活生生女人的家，立马就不一样了，一切都变得有了生色，有了滋味。

母亲吃完最后一口饭，满足地笑了，然后用一种慈祥的声音说：京生，你带锦春去看看天安门吧。

母亲这么说，是想让儿子和锦春有个单独相处的机会。在安顿好家里的事之后，黎京生带着锦春走出了家门。

走出南池子，眼前就是长安街了。华灯初上的长安街，有几分神秘，也有几分华丽。

两个人的目光都没有去看天安门，而是看着对方。突然，黎京生猛地伸出手，把锦春抱在了胸前。

锦春在那天晚上，感受到了黎京生抱住她时的力气和热度。这种感觉一直伴随了她许多年。

徐锦春是以送妹妹上学为由请了几天事假，她在北京不会停留几天。

第二天，黎京生也在仪表厂请了假。转业后，他一直在厂工会工作。工会也算是厂里的机关，黎京生现在是厂机关的干部。

他带着徐锦春来到了锦秀读书的大学。

徐锦秀住在靠宿舍门口的上铺。这几天仍是学生报到的时间，天南海北的学生会聚在大学校园里，嘈杂而热闹。

徐锦秀领着姐姐和黎京生在校园里转了转。

二十世纪八十年代的大学虽然残旧，却也别有韵味。这种味道是整个社会氛围所营造出来的，每一处角落或树下，都是青年学生读书的身影，让人们感受到了一种向上、蓬勃的朝气和希望。

徐锦春第一次来到北京，更是第一次走进大学校园，她看什么都是那么新奇。她在心里羡慕着妹妹锦秀，恍惚中竟觉得自己就是锦秀，徜徉在美丽的校园里。

梦幻终究是梦幻，再美也有醒的那一刻，当她走出大学校园时，梦又回到了开始的地方。

在北京停留的这几天中，黎京生吃过早饭就去上班了，家里就剩下她和黎京生的母亲。她帮助把黎京生的母亲——杨阿姨的脸洗了，头梳了，就静静地陪在那里。

窗外的阳光很好，北京的秋天到处都是一片金灿灿的，看了就让人觉着舒服。杨阿姨说：锦春，把窗子打开吧，让阿姨透透气，一直躺在床上，我都快憋死了。

这句话触动了锦春，她决定把杨阿姨背到院外晒晒太阳。

她先把一把椅子放到院子里，然后半抱半扶着把杨阿姨弄到了院子里。为了让阿姨坐得更舒服一些，她在阿姨的脚边又放了一只凳子。

太阳明晃晃地照下来，杨阿姨猛地闭上眼睛后，又慢慢地张开了。望着久违的金子般的阳光，杨阿姨的眼泪就流了下来。锦春不知道杨阿姨为何难过，忙俯下身问：阿姨，你哪里不舒服，要不要回床上去？

杨阿姨摇摇头，虚着声音说：锦春啊，你要是现在就是我的儿媳妇该多好。

锦春明白杨阿姨的心思了，她又何尝不想早点嫁给黎京生哪，可眼前的现实，让她一次次从梦里醒来——户口、工作等问题，哪一样对他们来说都比登天还难。

这两天，她和黎京生谈得最多的就是他们的将来，尽管黎京生一遍遍地鼓励着她：一切都会好起来的。

说实话，黎京生在说完后，心里一点儿底也没有。家里现在的情况多么需要有人能帮一下啊，他跑过厂里，也跑过街道，事实是明摆着的——暂时是不可能的。在二十世纪八十年代，没有户口就等于没有工作，没有了一切。在北京，仅凭爱情是无法生存的。现实就是现实。

美好的日子总是短暂的，一晃，锦春已经在黎京生这里住了三天。在这三天时间里，锦春把屋里屋外收拾得整整齐齐，杨阿姨在这几天里也像过年一样开心，不仅生活上得到细致的照顾，重要的是，有人陪她说话，精神上有了交流，这是杨阿姨感到最大的幸福和快乐。

锦春就要走了，最舍不得的就是杨阿姨，她死死攥住锦春的手就是不放，眼泪哗哗的。她不停地絮叨着：锦春，好闺女，啥时候还能见到你啊？

杨阿姨这么说，锦春鼻子一酸，眼泪也流下来了，她只能一遍遍地说：阿姨放心吧，再来我就不走了，我会伺候你一辈子。

出发的时间就要到了，黎京生提着给锦春一家买好的东西，终于和锦春走出了门。就在锦春的身影快要消失在杨阿姨的视线时，杨阿姨又叫了一声：锦春……

锦春泪眼蒙眬地回了一次头，抖着声音说：阿姨，你好好养病，一有时间我就来看你。

走出去很远了，锦春又回了一次头，最后看了眼自己住了三天的这个家。

黎京生在她身边走着，两个人步行来到了北京站。一路上两人都没有说话，被一种离别的情绪笼罩着。更主要的是，锦春在思考着一个严肃而又认真的问题——如果黎京生不和自己谈恋爱，而是在北京爱上一个女孩，那么一切问题都将不会存在。黎京生眼下真该有一个完整的家，有个人可以为他分担一些责任。

月台上，两道目光紧紧地交织在一起，似乎有许多的话要说；而因为离别，他们又无法说些什么。锦春在下着最后的决心，她终于说：京生，你和我恋爱是不是后悔了？

黎京生听了，顿时瞪大了眼睛，他一时不明白锦春这话的真实用意。

锦春顾自说下去：你应该在北京找个姑娘，她才能真正地帮你。

恍然大悟的黎京生一下子把锦春抱住了，他用力地抱着她，悲天怆地喊：不，除了你，我谁也不爱。

就在这时，列车就要发车的铃声响起，锦春不得不上车了，他们的话题预言似的停留在了那里。

列车启动了。锦春怕黎京生看到自己的眼泪和离别的伤痛，上车后就躲开了车窗。黎京生在车窗里没有看到锦春，就随着启动的列车奔跑着，却一直没能看到锦春的身影，他大声地喊着：锦春，锦春……

列车终于远去了。他呆呆地望着带走锦春的列车，脑子里一片空白。

他走出车站，漫无目的地向前走去。转业后，家里的现实让他身心疲惫，他真希望有个人能帮他一把，渡过这段人生的难关。远在边陲小镇的锦春爱莫能助，只能在精神上给予关爱。在最困苦的时候，他甚至也想到如果锦春不在遥远的小镇，而是在北京，眼前的所有艰难也就迎刃而解了。当然，这种想法也只是一闪而已。徐锦春就是徐锦春，她是他的初恋，他清楚，美好的情愫是不可以被替代的。

锦春走了。列车启动的一刹那，大地在猛烈地颤抖，他的心也跟着在颤抖。

这几天，他是幸福的。有锦春在的家才是个家，有笑容，有温暖。此时，他推开家门，一眼就看到了躺在床上的母亲。母亲正看着窗外发呆，他知道，她是在思念走了的锦春。

半晌，母亲艰难地转过头，望着他：锦春是个好姑娘，可惜就是太远了。

听了母亲的话，他决心为了母亲、为了这个家，他要找个保姆来照顾母亲，毕竟他和锦春的爱情是一场持久战。

现　　实

在二十世纪八十年代的北京，想找个保姆并不是件容易的事。那时还没有保姆市场，想找保姆，也只能在街坊邻居这些熟人中寻找。

黎京生一家的难处在居委会也是挂了号的，居委会那些大妈群策群力地为黎京生的母亲物色了一位退休职工。女职工姓秦，退休前是一家商店的职工。秦阿姨五十多岁的样子，身体还算健康。她每天上午负责给黎京生的母亲擦洗、做午饭，然后陪躺在床上的杨阿姨聊天。下午的时候，再把晚饭提前做好，不等黎京生下班回来，她就回家了，还要照顾自己一家老小。

黎京生自从请到秦阿姨后，日子果然不再那么忙乱了，毕竟家里有人照料母亲，他心里是踏实的。回到家后，也能轻松吃上一口现成饭了。

秦阿姨是个热心肠的人，手忙着，嘴也不闲着。她不停地和杨阿姨聊天，当然都是些鸡毛蒜皮的话题。她看着眼前杨阿姨一家的现状，一针见血地指出：你家京生该找个人了，家里要是多个女人，也是个帮手，京生也不会那么累了。

杨阿姨自然就想到了锦春，她笑一笑说：京生有女朋友。

秦阿姨听了就奇怪了：那干吗还不结婚？

杨阿姨就把徐锦春的情况说了。

秦阿姨就瞪大了眼睛，像听天书一般，然后感叹道：妹子呀，这事我看不成。离北京大老远的，户口怎么办呀？别说你身体不好，就是身体好，这事也不成啊，总不能两地分居吧？大妹子，你可别干傻事，京生这孩子多好，在北京找什么样的还找不到？

杨阿姨这些天也在为此事困惑着，她不想干预儿子的婚事，在部队时，儿子就像放飞的风筝。如今儿子因为家里的变故回来了，隐隐的，她总觉得对不住儿子，是自己连累了他。在儿子恋爱的问题上，她想说什么，却又说不出口。锦春她也见了，自己打心眼里喜欢这个姑娘。锦春在家那几天，她是幸福和满足的，然而锦春一走，她的心就又乱了。现实就摆在眼前，锦春调不进北京，就没有户口，没有工作，家里总不能养着一个“黑人”吧？这些天，她前前后后都想了，仍没想出个子丑寅卯。现在，听了秦阿姨的话，她只能冲她勉强地笑笑。

秦阿姨就说：在我以前工作的商店，新来了几个姑娘，哪天我帮京生介绍一个。京生既然从部队回来了，就该找一个北京姑娘。

杨阿姨以为秦阿姨也就是随口说说，没想到几天后的一个傍晚，秦阿姨做好晚饭后，仍没有走的意思，还不停往窗外张望着。没过多久，就有人敲门了。秦阿姨风风火火地去开了门，进来的姑娘穿着鲜艳，一头长发披散在腰间。秦阿姨不由分说拉着姑娘的胳膊，把她带到了杨阿姨的床前。

秦阿姨笑眯眯地介绍：这是小王，是我以前的同事，下过乡，两年前才回到城里。这姑娘人勤快、又漂亮，配你家京生没问题。

杨阿姨一边招呼着小王坐，一边盯着小王看。小王大方地看着屋里的一切，似乎对家里的情况还算满意。

杨阿姨不由得就把眼前的小王和锦春做了一番比较，眼前的小王无疑是时髦的，但在她的心里，她还是喜欢锦春从里到外透着的一种善良和纯朴，让人看了就踏实和放心。可小王毕竟是北京姑娘，离自己很近，看得见、摸得着。

大方的小王这时说话了：杨阿姨，听秦阿姨说你们家京生是部队转业干部？

杨阿姨慢慢叹了一口气，说：要是家里不出事，他现在应该还是部队上的人，都是我拖累了孩子的前程。

小王大咧咧地说：回来也就回来了，好歹也是干部身份，不像我们插队的，回来也是工人待遇。

几个人正说着话，黎京生快步走了进来。他看看这个、望望那个，然后问母亲：妈，咱家来客人了？

秦阿姨忙解释：京生啊，这是小王，是我以前的同事。

黎京生“哦”了一声，冲小王点点头后，就不知如何是好了。

秦阿姨毕竟很有经验，赶紧把黎京生拉到另外一个房间，对他说：我跟你妈说了，你妈还没给你说呀？

黎京生就瞪大了眼睛：我妈跟我说什么？

秦阿姨急赤白脸地说：给你介绍女朋友啊，我跟你说京生，小王这姑娘人可好了，下过乡、插过队，和你的经历差不多，你们一定有共同语言。她有北京户口，又有工作，你们以后肯定错不了。

黎京生什么都明白了，他看了眼秦阿姨，忙说：秦阿姨，谢谢你，我有女朋友了。

秦阿姨仍不屈不挠地做着工作：你妈都跟我说了，那个外地姑娘的户口进不了北京，又不能找工作，这事肯定成不了。京生啊，你还是听阿姨的吧。

黎京生不好再说什么，勉强跟着秦阿姨和小王说了一会儿话。

送走秦阿姨和小王姑娘后，黎京生闷闷不乐地进了屋，坐在母亲的床头。他盯着母亲说：妈，你真觉得锦春不好？

母亲听了儿子的话，眼泪又流了下来。过了半晌，母亲才说：不是锦春不好。你秦阿姨说得也对，你该找个北京姑娘，这个家需要有人帮一把。你现在这个样子，妈看了心里难过。

黎京生有些失望地看着母亲，他和徐锦春正热恋着，尽管爱情让他盲目过，但眼前的困难他也都考虑过，他始终坚信，自己和锦春总有一天会走到一起。“一切都会好起来的”，他一直用这样的一句话鼓舞着自己。现在的他心里只装着锦春一个人，什么小王小李他想都不会想一下。但此时母亲的话，却让他感到吃惊。

他抓过母亲的手，努力将手里的力量传递给她：妈，现在的困难是暂时的，我现在虽然是一个人在你身边，但我代表锦春向你表达孝心。她总有一天会陪在你身边的，请你相信我。

母亲听了儿子的话，终于再也控制不住了：京生，是妈对不住你，拖累了你，让你这么为难。

黎京生拥住母亲的肩膀，一边暗自垂泪，一边说：妈，我和锦春以后会对你好的。

秦阿姨做的媒自然是没有结果，她不甘心地长吁短叹着。

躺在床上的杨阿姨面对儿子的爱情，又能怎么样呢？

日子照旧，周而复始。

生活按部就班的徐锦春，把所有的思念和牵挂转移到写信上。每周她都会给黎京生写上两三封信。从北京回来后，她的心里就一直沉甸甸的。黎京生家里的困难，她看在眼里，也装在心上。想起躺在床上的杨阿姨，还有为生活所累的黎京生，心里就很难过。她现在的身份是黎京生的未婚妻，面对他家里的困难，她却帮不上忙。她在心里谴责着自己，现在唯一能做的就是通过写信，表达自己的情感。

她同时也在给妹妹锦秀写信，请妹妹在学业不太紧张时，抽时间去黎京生家里，帮他一把。也许只有这样，她心里似乎才能平衡一些。

锦秀考学走了，家里似乎一下子就空了。小妹锦香已经上高中了，整天躲在屋子里看书，她也要像姐姐一样参加高考，去考军校，成为一名军官。锦香继承了大姐锦春的理想，这让锦春感到欣慰。

史兰芝退休后，就在家里照料两个女儿，日子倒也过得有条不紊。

边防站的兵们，仍隔三岔五地到徐锦春家里，重复以前的情形。此时的苏副排长已经是排长了。

徐锦春一看边防站的兵们，就情不自禁地会想起黎京生，心里顿时就变得湿润起来，有种别样的感觉。

徐锦秀

徐锦秀第一次走进黎京生的家，是一个周末的傍晚时分。

来到北京上学后，她只见过一次黎京生，那天是姐姐和黎京生一起去的。作为新生，一切对于她都是新鲜的，也是忙乱的。走在校园里的她，激动的同时，又生出一份骄傲来。这是北京的大学，在二十世纪八十年代初，别说在北京上大学，只要能进入高等学府就已经够让人羡慕了。那时候的大学很少，国家正需要人才，整个社会都把大学生当成了骄子，能够在北京上大学，那就是天子脚下的骄子。只要胸前佩戴着校徽，走出大学校门，回头率一定是最高的。所有的人都会盯着你胸前的牌牌，然后再看你的脸时，已经是满眼的羡慕了。

徐锦秀感受到了这份荣耀和骄傲，她也学会了挺胸抬头地走路，甚至是目不斜视。在姐姐徐锦春的一再催促下，她走进了黎京生的家。

徐锦春每一次给妹妹写信，都请她抽时间去黎京生家看看，帮助照顾黎京生躺在床上的母亲。锦春还在信上说，姐不在北京，没办法去做自己应该做的，你是姐的好妹妹，就替姐去尽上一份责任和义务。

父亲去世早，姐姐就成了锦秀心中的一棵树，她对姐姐是依赖的，也是信任的。现在母亲退休了，家里只有姐姐一个人上班，作为家里的长女，她替母亲操持着这个家，甚至还供着她和妹妹锦香读书。在锦秀的心中，姐姐的事比天大、比地大，她不能违背姐姐的心愿。

边防站的排长黎京生，在她少女的心里也曾留下过光辉的形象。生活在小镇的人，唯一能够窥到小镇之外的窗口就是边防站的那些官兵，他们来自五湖四海，操着不同的口音会聚到这座边陲小镇。

黎京生不仅是排长，还是北京人，这一点在她的心里留下了深刻的印象。在小镇，她亲眼目睹了姐姐和黎排长之间的恋爱轨迹。情窦初开的她在感受到姐姐的爱情时，心里也是痒痒的，充满了一种憧憬和向往。

如果不是来自北京的黎京生的潜移默化，她就不可能去北京的大学，当时许多同学都把考进哈尔滨当作了自己最大的理想。是黎京生的鼓励，让她明确了目标，要考就考到北京，然后留在北京工作。这种动力来自何处，她说不清楚，但一定与黎京生有着某种关联。

徐锦秀怀着喜悦又有几分忐忑不安的心情走进了黎京生的家。

屋子里的门敞开着，帮忙照顾的秦阿姨已经回家了。黎京生这时正坐在母亲的床头给母亲喂饭。他的身体与母亲挨得很近，样子很是温柔、体贴。这是徐锦秀看到黎京生的第一个场景，这个场景瞬间就在她的心里定格了。许久以后，这样的场面仍在她的心头挥之不去。

黎京生看到她时也吃了一惊，放下饭碗，他叫了声：锦秀，是你？

徐锦春和徐锦秀两个姐妹长得很像，在锦秀进门的一刹那，黎京生差一点儿把锦秀当成了锦春，直到看清锦秀胸前的大学校徽，才认出了锦秀。

黎京生把锦秀介绍给母亲，母亲早就知道锦春的妹妹在北京上大学，但这还是第一次见到，她热情地招呼着锦秀。

锦秀接过黎京生手里的碗，不由分说地替他给母亲喂饭。

杨阿姨开始还有几分不适，慢慢也就融入这种亲情中，她盯着锦秀说：你长得可真像你姐。

锦秀笑笑说：我妈说我没有我姐漂亮。

伺候杨阿姨吃完饭，锦秀坐在床前陪杨阿姨说了会儿话，就又开始了按摩。

杨阿姨心里就多了份感动，她这样长年躺在床上的病人，心理本来就脆弱，这时就又流泪了。她一边流泪，一边说：锦秀啊，你和锦春一样，都是好姑娘。

不一会儿，黎京生为锦秀做了一碗鸡蛋面，热气腾腾地端到她面前。锦秀一再强调已经在学校吃过了，但在黎京生的逼迫下，她还是把那碗面吃了下去。这是她到学校以后，吃到的最好吃的一碗面。她一边吃，一边赞叹着黎京生的手艺。

吃完饭，三个人在一起又说了会儿话，聊天的主题也一直都是锦春。正是锦春的存在，才把他们纽结在了一起。

那天晚上，锦秀的心里也是暖暖的，她看到杨阿姨时就想到了自己的母亲。开学已经几个月了，她想家，也想那个生养她的边陲小镇。

看时间不早了，锦秀提出告辞，杨阿姨恋恋不舍地看着她：锦秀，以后就把这里当成自己的家，有空就回来。

锦秀听了，心里就热热的，在北京除了同学，她举目无亲，黎京生的家让她感受到了温暖和亲情。因为姐姐，也因为这份亲情，她决心要常到这个家看看。

那天晚上，黎京生一直把她送到汽车站，两个人不远不近地走，在灯影下，身体变得忽长忽短。黎京生问了许多锦秀学习上的情况，鼓励她多读书，开阔视野。借着路灯的微光，黎京生从书包里取出一本包了书皮的书，递给锦秀：这本《钢铁是怎样炼成的》在部队时就一直跟着我，你现在是大学生了，有空就读读，对你有好处。

锦秀接过书，鼻子有些发酸，此刻在遥远的北京，她又一次感受到了温暖。

登上公共汽车后，她透过车窗看到黎京生在冲她挥手。看着车下清瘦的黎京生，她心里忽然有了一种异样的感觉，也冲窗外挥着手，甚至还笑了笑。

在小镇，得知姐姐和黎京生恋爱时，她的心里也怪怪的，说不清是一种什么感觉。多年以后，她把自己当时的心情总结为少女情怀。此时，看到黎京生疲惫的模样，她有些心酸和心疼。

汽车渐行渐远，早已看不到黎京生的身影了，但他挥手的样子，却在她的眼前挥之不去。

回到家里的黎京生，心情是平静的，也是幸福的。虽然，他见到的不是锦春，可锦秀毕竟是锦春的妹妹，在锦秀这里，他仍体会到了亲情的涌动。他越发地思念远在小镇的锦春了。

躺在床上的母亲，一遍遍地念叨着：锦春和锦秀都是好姑娘，要是锦秀是锦春就好了。

黎京生在那天晚上，给锦春写了一封内容绵长的信，把无尽的思念和情感都融入文字中。可就在他把信装入信封后，他顿时冷静下来，他必须要面对现实，而现实中的恋人又何时才能聚在一起呢？他伸手关了灯，黑暗猛地涌过来，吞噬了一切。

母亲在另外一间房子里念叨着：都是好姑娘啊！

不知道是不是母亲在梦呓，望着一片黑暗的黎京生却再也不能入睡了。

黎京生和徐锦秀

徐锦秀终于迎来了第一个寒假。离别半年后，她回到了小镇，看到什么都是那么亲切。母亲史兰芝见到她是高兴的，小妹锦香也是高兴的，一直缠着她讲大学里的事情。锦香正在读高一，对大学的向往已经迫不及待了。唯一有些担心和不高兴的就是大姐徐锦春，她知道锦秀回来，黎京生就缺了一个帮手，虽然锦秀不能每天去照顾黎京生的母亲，但只要去了，就是锦秀代表她表达一份情谊和问候。这样，她就会感到踏实，她是想通过锦秀把自己的爱传达给黎京生一家。

春节一过，距开学还有十几天时，锦春就催着锦秀返校。锦春的心思一家人是懂得的，史兰芝也支持锦春的态度，她冲锦秀说：家里都挺好，该看的你都看了，没事就早点回北京吧。

锦秀不知为什么，回家才几天，心里就不踏实了，一会儿想起学校，一会儿又想起黎京生的家。她回家时，是黎京生把她送到火车站的，还买了北京果脯给她带上。临上车前，他又送给她一本书，是风行一时的《第二次握手》。前几年流传的还都是手抄本，现在已经出版成书了。黎京生特意买了一本送给锦秀。到家后没几天，她就把书看完了，但她仍时时地翻看着。每次看到这本书，黎京生的样子就会在她眼前晃来晃去的。待在家里的那几天，心里就像长了草。

徐锦秀很快就回到了北京。这个时候的学校还没有开学，她只能先去黎京生家了。

黎京生见到她时，先是吃惊地张大了嘴巴，接着就热情地接过她手里的东西，兴奋地说：回来了。仿佛这里才是她真正的家，她回小镇只是探亲去了。

躺在床上的杨阿姨也很高兴，不停地嘘寒问暖着。她问得最多的就是锦春了，在她的心里，锦春是她未来的儿媳妇。可这时的锦秀却不想过多地说起姐姐，她觉得锦春并没有什么好说的，除了上班、下班，别的还有什么呢？

在开学前的十几天里，锦秀就一直住在黎京生的家里。此时，家里的保姆秦阿姨因为要照顾刚刚怀孕的女儿，已经离开了这里。锦秀就主动把所有的家务活都揽了过来，一有时间就把杨阿姨弄到外面去晒太阳。

杨阿姨在那里晒着太阳，她就坐在一旁，一边看书，一边和杨阿姨说着话。

黎京生下班后，再也不用一头扎进厨房忙活，而是进屋就可以吃上锦秀做好的饭菜。照顾母亲吃完饭，闲聊一会儿，黎京生会陪锦秀去天安门广场走一走。

春节一过，北京的气温就开始有了变化，广场上走动的人多了起来，锦秀就在心里感叹：天安门是北京最好的地方。

这天傍晚，黎京生一下班就从上衣兜里拿出两张粉红色的电影票：锦秀，今天我们单位组织看电影，吃完饭我们一起去。

电影对锦秀已经不新鲜了，在小镇也看过电影，大学礼堂偶尔也会放几场电影。但和黎京生一起看电影，这还是第一次。她的心欢快地跳了起来。

电影开场前，黎京生和锦秀找到了自己的座位，周围都是些黎京生的同事，他们好奇地看着两个人。当然，人们的目光更多时候都集中在锦秀的身上，他们几乎同时看到了她胸前的大学校徽。同事三三两两地跑过来，开着玩笑：京生，行啊，谈了一个大学生，真看不出。

黎京生忙说：别瞎说，这是我家的亲戚，在北京上学呢。

他把她说成了亲戚，当然，如果黎京生真能和姐姐结婚，她的确就是他的亲戚。他这样回答，并没有什么不妥。但她隐隐的，仍然感到了一份失望和落寞。在众人的注视下，她还是红了脸。

电影演的什么，在锦秀的脑子里没有留下什么印象。从电影院出来，人们边走边议论着。锦秀跟在黎京生的后面走出人群，穿过一条胡同时，有几盏路灯坏了，路很黑，她下意识地靠近了黎京生。又向前走出几步时，她被什么东西绊了一下，差一点摔倒。黎京生及时地伸出了手，她的手就和他的手抓在了一起。莫名的，她的心脏跳动的频率瞬时加快了。

黎京生似乎有些口干，半晌，他小声地问：电影好看吗？

她有些紧张，也有些局促，结结巴巴地说：还、还行。

一直走到家门口，他掏出钥匙开门，两个人的手才松开。她这才发现自己的手心湿漉漉的。

杨阿姨已经睡了。她怕惊扰了熟睡的杨阿姨，就草草洗漱后，进屋睡了。

她躺在床上，脑子里一时很乱，还没有理出个头绪，突然听到杨阿姨说：电影好看吗？

原来杨阿姨并没有睡着，她在黑暗中等着他们回来。

杨阿姨又说：京生小时候就爱看电影，他爱看打仗的，有时候一部片子能连着看好几遍哪。

杨阿姨在黑暗中回忆着温暖的时光。锦秀在杨阿姨的叙述中断断续续地想象着黎京生一家美好的生活片段。

停顿了一会儿，杨阿姨说：后来京生当兵走了，我和他爸闲着没事，也会去看看电影。看到那些打仗的电影，我们就会想起京生。

杨阿姨说到这些时，声音就湿润了。

锦秀的心里此刻也泛起了潮气。

杨阿姨忽然就唉叹一声：现在啊，想看电影也看不成了。

阿姨，下次看电影，我背你去。锦秀想都没想地脱口而出。

傻孩子，哪有瘫子去看电影的，还不让人笑话死。

锦秀没再说什么，但在那一刻她就有了一个想法，一定要让杨阿姨去看一场电影。杨阿姨现在的生活太可怜了，除了躺在床上，偶尔晒晒太阳，别的什么也做不了。她只有这一方简单而狭小的世界。

杨阿姨似乎有了说话的兴致，她喋喋不休地说着：是我拖累了京生，有时候我就想还不如和他爸一块儿去了。人活百岁也是死，何苦半死不活地拖累孩子。要不是家里出事，京生现在还在部队上，他喜欢部队，这我知道。说着，杨阿姨深吸了一口气，继续说下去：阿姨也想过死，可没死成。后来啊，我想开了，我要是这么走了，扔下京生一个人孤单单的，我放心不下。我要看着他成家，有了自己的家，我也就放心了。

说到成家时，杨阿姨就说不下去了，她不知道锦春什么时候才能调到北京。

转眼，十几天的时间过去了。大学开学了，徐锦秀又回到了大学校园。

锦秀走后，这个家似乎一下子就空了。起初的几天里，黎京生兴冲冲地回来，看到空空的家时，他的心也空了。

闲下来时，母亲总会和黎京生说起锦秀。

母亲说：锦秀是个好姑娘。人家是大学生，还这么能干。

母亲又说：要是锦秀是锦春就好了，大学毕业就可以留在北京，也不用为户口、工作的事发愁了。

提起锦春工作调动的事，黎京生的头就大了。他现在该想的办法都想了，该找的部门也找了，结果只有一个：要想调锦春的户口，根本是不可能的。唯一的办法就是对调，只有在北京工作的人调到小镇去，双方讲好，就可以把锦春对调过来。可又有谁愿意放弃北京的工作调到小镇呢？黎京生开始留意起各种对调信息，当时的电线杆上已经出现各色花花绿绿的小广告，但多是些上海、广州等大城市相互对调的或换房的内容等。小镇真的是太小了，甚至许多人都没有听说过。就是在全国地图上也找不到小镇的影子，小镇只隐隐地藏身于省地图中的最边缘。

黎京生再度困惑、迷茫起来。

又见春风

春天又一次光临了北国的小镇，冰融了，地面上浅浅地浮出一层绿意。

边防站的兵们依旧隔三岔五地下山，来到小镇，来到徐锦春的家。

院子扫了，水挑满了，劈柴整齐地垛在墙边。一切依旧，却物是人非。老兵走了，新兵来了，苏启祥终于成了苏排长。

退休在家的史兰芝在战士们没来之前，已经把家里料理得很清楚了。自从锦秀考到北京后，家里就只剩下锦香在读高中了，史兰芝从心情到身体都感到异常的轻松，她现在最发愁的就是锦春的事。

黎京生在她眼里是个好孩子，当初锦春和他恋爱时，她打心眼里高兴。她骨子里就喜欢军人，现在女儿爱上黎京生，她没有理由不高兴。但黎京生一家的变故，把一切都打乱了。黎京生脱下军装回北京了，把锦春孤单单地丢在了小镇。史兰芝是过来人，她明白女儿内心所承受的痛苦和煎熬。

每天看到锦春闷闷不乐的样子，她在心里为锦春发出唉叹。

苏排长带着士兵们过来时，锦春有时候在家，有时候不在。苏启祥就陪着史兰芝说说话，苏排长操着浓重的山东口音，亲亲热热地把史兰芝叫了，那神态仿佛他就是史兰芝的亲人。他一边和史兰芝说着话，一边向门口张望，史兰芝知道他是在等锦春回来。如果锦春这时回来，苏排长的两眼会立刻亮了起来，话就更多了，屋里屋外地指挥着士兵们，然后抽空和锦春搭讪上几句：锦春妹妹，上了一天班，累了吧？你歇着，这里有俺们哪。

锦春是特意回来的。黎京生转业后，她心里就空了，仿佛没有了依靠。越是这样，她就越是想看到边防站的兵们。好像看到这些兵，幸福的时光恍若倒流一般，她与遥远的黎京生也就近了许多。

锦春依然热情地为边防站的兵们烧水，然后在每一只碗里放上糖。看着战士们喝水的样子，她不能不想起黎京生。

排长苏启祥总是最后一个走过来喝水。战士们喝水时，他背着手这里看看，那里瞧瞧，认真地检查着。等兵们纷纷放下碗离开后，他才漫不经心地走过来，端起水，两眼虚飘飘地望着锦春，低头喝了一口，又喝了一口，才慢悠悠地说：锦春妹妹，黎排长来信了吗？

这时的锦春深深地看一眼苏排长。他这么直接地提到黎京生，不禁让她的心抖了抖。在这之前，她对苏启祥是有印象的，说不上好，也说不上坏，她对待他就像对待所有边防站的兵一样，既亲切又热情，心里隐约地觉得，他们都是她的亲人，值得她信赖。因此，在她的眼里，苏排长也是值得信赖的人。

听到苏排长提到黎京生的名字，她的脸有些红，但她不想隐瞒什么，就点点头。

苏启祥吸溜着又喝了一口水，说：黎排长真是可惜了，要是他不转业，他一定会调到守备区工作。

锦春就有了一种想哭的感觉。苏启祥似乎看出了锦春的心思，把头别过去，想了想又说：回去也没啥不好，他是北京人，迟早是要回去的。不像我们这些农村出来的，把部队当成家，可以在这里干上一辈子。

说完，目光坚定地朝锦春的脸上看去。

苏排长等了一会儿，才发现锦春已经走进了屋里。

苏排长带着士兵们又做了一些扫尾工作后，就带着士兵们走了。他再回头时，史兰芝和锦春已经走出屋门，挥手向他们告别了。苏启祥就坐在马上，回头喊道：史阿姨，那我们就回去了，下周我们还来。

他说话时，眼睛却一直瞟着锦春。

锦春一如当年送别黎京生一般，目送着一行人离去。

苏启祥看着锦春的样子，心里就漾起一层幸福的涟漪。他相信，只要功夫深，铁杵磨成针。

以前，当他亲眼看着黎京生和徐锦春相恋时，内心的滋味可想而知——有浑身的力气，却用不上，只能眼见着自己喜欢的锦春，一步步走向黎京生。为此，他失眠了很久。是黎京生一家的变故，又让他看到了重生和希望。当然，如果黎京生不走，一切都不好说，说不定两个人真的会走到一起。但是老天造化，命运弄人，黎京生竟然选择脱下军装，回到北京。苏启祥终于明白了一个道理——世界上所有的事情都是变化着的。黎京生是北京兵，北京又是什么地方？那是首都。在那样繁华的城市，黎京生一定会遇到比徐锦春更优秀的姑娘。

在苏启祥看来，自己和徐锦春才是最般配的一对，他虽然是农村人，可毕竟也是正排职军官，是吃公家饭的。从他踏上军营的那天起，他就发誓，要在部队干一辈子。即便干不上一辈子，有朝一日转业也不回老家了，家乡给他留下太多灰色的记忆。走出农村后，他开始发现所有的地方都要比他的家乡好，包括这座边陲小镇。如果能在这儿找个姑娘结婚，按规定，就是转业了也会留在当地。苏启祥没有多大的野心，他的愿望就是能成为公家人，吃上国家饭。现在，他给自己定下的首要目标就是在本地找一个心爱的姑娘。

徐锦春是他中意的女孩，如果不是黎京生先他一步走近徐锦春，他早就有所表示了。现在，黎京生走了，这让他又一次看到了希望。他对眼前的希望充满了信心。

带刺的玫瑰

大学二年级的徐锦秀已经适应了学校，并融入京城的生活中，当然，也自然地融入黎京生的家庭。锦秀现在每周都会抽出两三个晚上到黎京生家里，帮助料理家务，陪杨阿姨说说话。

如果说，最初锦秀是在姐姐锦春的督促下，带着几分被动来到黎京生家，而此时，她来这里几乎就是一种习惯了。有时天色晚了，或者遇到刮风下雨，她就干脆住到杨阿姨的房间。第二天，她会起个大早，匆匆赶回学校。

黎京生和杨阿姨也完全接受了锦秀，甚至把她看成了一家人，隔上几天见不到她，杨阿姨就开始念叨了：锦秀怎么还不来呀？京生你抽空去学校看看。有时候，杨阿姨会让黎京生包了饺子，给锦秀送过去。锦秀见到他，就把他带到人少的地方。黎京生赶紧打开毛巾裹着的饭盒，饺子还冒着气呢。接下来的时间里，锦秀一边慢慢地品味着黎京生的手工水饺，一边说些学校的事情。

锦秀吃完了，黎京生装好饭盒，推着自行车就要走，忽然他像想起什么似的说：锦秀，我妈让我问你什么时候去家里？

锦秀歪着头琢磨一会儿，说：周四吧，周四下午我没课。

黎京生就笑一笑，一抬腿潇洒地跨上了自行车，清脆的一串铃声响过，人就消失在校门口的人群中。

锦秀隔三岔五地会给家里写信，汇报自己的学习和生活。她每次写信自然是写给锦春，姐姐在邮局工作，是最早见到信的人。每次写信，锦秀例行公事地先通报一下自己的情况，这是说给母亲史兰芝听的。简单地说过自己后，话锋一转，就说起了黎京生一家。这是锦春最感兴趣、也是锦秀写得最细腻的地方。包括杨阿姨的身体情况，甚至每次都帮黎京生和家里做了哪些事，无一例外地写得清清楚楚。

锦春看到这些，眼前似乎又出现了自己在黎京生家里生活的画面，一切都那么熟悉，又那么遥远。锦秀的来信，终于让她忐忑不安的心安定了一些。尽管自己没有尽到未婚妻的责任，但妹妹多少帮她承担了一些，她在内心是感谢锦秀的。

黎京生也三天两头地有信来，信的内容和锦秀的描述没有什么差别。锦春每次读到两个人的来信，都会有种甜丝丝的幸福感。

渐渐地，锦春再读信时就发现了一个苗头，锦秀来信时说得最多的就是黎京生，说他的工作，说他的生活，甚至是他的喜怒哀乐，而黎京生在信中说得最多的也是锦秀，仿佛两个人是相互的一面镜子。他们从不同的角度，说了对方的许多话题，这些话题呈现在锦春面前时，仿佛她是两个人的家长，或者是生活的法官。

锦春再读这样的信时，她就不那么幸福了，而是冷静地想一想，拿着两封信，这么读一遍，那么读一遍后，望着某个地方愣神。

收到两个人的信时，史兰芝都要问一句：他们怎么样啊？

此时的锦春已经没有更多的热情向母亲讲述信的内容，只轻描淡写地说：他们都挺好，妈你放心吧。

日子就这么匆匆地过去了。

上大三后，徐锦秀的课程明显地少了。课程少下来的锦秀到黎京生家的次数便多了起来。有时她下午就来了，还买来一些菜。黎京生下班后，拎着菜急匆匆地赶回家时，锦秀已经把一桌子饭菜做好，并喂好了杨阿姨。

两个人坐在桌边慢慢地吃着。在黎京生的眼里，锦秀就像是画中走出的田螺姑娘，是她的出现，让生活变得美好了起来。他们一边吃、一边聊着，偶有停顿时，两个人会四目相视。这时，锦秀就莫名地红了脸。

吃过饭，锦秀陪着杨阿姨说会儿话，就要回校了。

黎京生就说：我送你。

两个人走到中山公园门口时正好是八点钟。北京的公园规定晚八点以后就不再收门票了。这时，两个人的脚步就慢了下来，黎京生察觉到了，低声说：要不去里面走走？

锦秀低下头嗫嚅道：来北京这么长时间了，我还没去过中山公园呢。

两个人便走了进去。

夜晚的公园里，或明或暗，暗影之处隐隐地闪着恋人们的身影，喁喁细语，热烈而缠绵。

猛然看到眼前的场面，两个人都有些局促和羞涩。在低着头紧走几步，躲过一对对恋人后，锦秀忽然说道：你要是不和我姐谈恋爱，而是在北京找一个，那你是不是也会在这里呀？

黎京生听了，用目光瞟着暗影中的恋人，半晌没有说话。过了好一会儿，冷不丁地问：你们大学里也谈恋爱吗？

锦秀扬起头：有啊，不过都是偷偷的。

接下来，两个人目不斜视地往前走去。

锦秀走着走着，就停下了脚步：是我姐连累了你。

黎京生支吾起来：别，你千万别这么说。

锦秀仰起了脸：你和我姐这样什么时候才是个头啊？难道要等你变

成老头、我姐变成老太太吗？

黎京生顿时语塞，不知为什么，一提起他和锦春的未来，他就不敢往下去想。刚从部队回来的时候，他也知道他和锦春会很难，但还是咬着牙鼓励着自己和锦春一切都会好起来的。然而，现实却让他处处碰壁，至于自己和锦春的关系到底如何走、怎么走，闲下来时他也会去想，却无论如何也想不出个头绪。他便不再想了，只无数次地想着他和锦春在一起时的美好回忆。

在中山公园的这个晚上，面对锦秀的追问，他又一次感到了茫然和困惑。不仅锦秀这么问，就是母亲和周围的朋友也都替他的未来捏着一把汗。

锦秀似乎抓住这个问题不肯松手了，她又紧逼下去：你也在等，我姐也在等，你们都等了三年了，难道还要再等上三年？

黎京生不敢去看锦秀的眼睛，他望向深邃的夜空，月亮很大也很圆，却显得有些孤寂。他在心里说：又快到这个月的十五了。

锦秀又说：你该给自己一个交代，也给我姐一个交代。

黎京生面对锦秀的质问，突然意识到锦秀长大了，她在他的眼里再也不是那个简单的小姑娘了。在他看来，现在的锦秀与锦春不一样的地方，就是她的果敢和率真，这是锦春身上没有的。此时，站在他面前的锦秀像一枝含露带刺的玫瑰，咄咄逼人，却又那么醒目。

那天晚上，黎京生失眠了。他真需要好好想一想了，想想自己，也想想锦春。透过窗子，望着那轮又圆又亮的明月，他似乎想透了，又似乎越来越糊涂了。

黎京生和徐锦秀的关系，因为公园里的那一幕，有了一次质的飞跃。

一天深夜，黎京生突然被一阵叫门声惊醒了。

他打开门，看见两个神色慌张的女生站在门外：快，锦秀住院了，要手术，麻烦你去趟医院签个字。

她们是锦秀的同学，至于锦秀是什么病她们没有说，黎京生也来不及细想，和母亲交代几句，就赶往医院。

黎京生很快就签了字。锦秀得的是急性阑尾炎，虽然是小手术，但也需要家属签字，锦秀就想到了黎京生。

锦秀一直在叫，疼痛让她汗流如注。就在黎京生出现的一瞬，锦秀立刻就平静了，她忍痛说道：医生说我要手术，你得帮我签字。说完，还苍白着一张脸冲他笑了一下。

锦秀被推进手术室后，黎京生这才意识到，在锦秀的心里，她已经把他当成亲人了。想到这儿，他微闭上眼睛，把自己和锦秀这几年的交往又仔细地琢磨一番，总觉得因为有锦春的原因，他们之间的关系像一家人，却又似乎不是一家人。

阑尾炎手术是小手术，很快，锦秀就被推出来了。因为是半麻醉，锦秀一直是清醒的。黎京生和老师、同学们围过去时，她微笑着看着大家，脸色却有些苍白。慢慢地，她把目光定在黎京生的脸上，还试图伸出手去。黎京生察觉到，伸手握住了锦秀的手。手有些凉，但很柔软，让人从心底里生出怜爱和同情。

手术完成时已经是后半夜了，黎京生主动要求留下来陪护锦秀。他坐在床前，目光缥缈地望着锦秀，在这之前，他一直没有找到适合他们之间的一种分寸。她抿嘴笑了一下，笑起来的样子很有些像锦春。黎京生很喜欢看锦春的笑，灿烂而明亮，令人赏心悦目。锦秀虚弱着声音说了一句：真是麻烦你了。

她这样说时，他就有些羞涩，忙说：别，可别这么说。

她看着他慢慢地说下去：同学把我送到医院后，医生说要手术，我吓坏了，我从小到大最怕的就是去医院了。医生还说得家属签字，我第一个想到的就是你了，在北京除了你，我没有别的亲人。

听着她的话，一种叫责任的东西在他心里缓缓升了起来。他抓住她的手，心里充满了温情。

让你受累了。说完，她又是苍白地一笑。

望着眼前的锦秀，他忽然就想到了锦春，不知为什么，他有一种想哭的感觉。他借口去洗手间，洗去了脸上的泪痕。

在锦秀住院的那几天，黎京生每天下班后，照料完母亲，就骑上自行车往医院跑。车筐的瓦罐里装着刚刚做好的鸡汤，被毛巾严严实实地裹了起来。

锦秀已经能下地走了，再过几天就可以出院了。她早早就站在窗前，一次次地向外看去。从黎京生进入医院大门时，她就看到他了，然后她又站到病房门口，看着他从长长的走廊走过来。黎京生也一眼就看到了等在门口的锦秀。

鸡汤被锦秀慢慢地喝下去。她的脸色在鸡汤的滋润下，已经开始红润了。虽然还没有出院，但已经恢复到了从前的样子。喝完鸡汤，她总不忘客气地说一句：让你受累了。

他抹一把头上的汗，憨憨地说：没事，这点小事算什么。

她看着他，一脸歉意地说：你每天要上班，然后还得照顾杨阿姨和我，一天下来，可真够辛苦你的。

他听了，心里有几分感动。

她又说：等我毕业就好了，我可以帮你照顾杨阿姨。

说到这儿，像想起什么似的：对了，我们今年的分配方案下来了，我们班有十个留京指标，其中就有我一个。

黎京生听了，也为锦秀感到高兴。从边陲小镇考到北京读书，最后又能留在北京，这是多么大的一件喜事啊！他望着锦秀感慨颇多，再过几个月，锦秀就要毕业了，时间过得真快呀！一晃都四年了。他转业回到北京也已经五年了，在这五年时间里，他都不知道自己是怎么过来的。也就是说，他和锦春相恋了五年，相望了四年，在这四年时间里，他们一直靠写信维持着他们的关系，传递着情感。

就要毕业的锦秀有很多的时间可以去帮黎京生了，杨阿姨的身体时好时坏，这就花费黎京生许多的精力。

黎京生上班后，家里就剩下杨阿姨和锦秀了。锦秀先把杨阿姨背出屋去晒太阳，然后收拾好屋子，就拿本书，一边看，一边陪杨阿姨聊天。

日光下的杨阿姨微微闭起了眼睛，样子很是惬意。晒了一会儿太阳的杨阿姨忽然就睁开了眼睛：锦秀啊，上了几年学有没有谈恋爱呀？

锦秀害羞地摇了摇头。

杨阿姨又说：没谈也好，等工作了再找也不迟。

锦秀就咬着嘴唇笑了笑。

杨阿姨忍不住又问下去：锦秀，想找个什么样的？跟阿姨说说，阿姨好托人帮你打听着。你一个人在北京，不容易。

锦秀答不上来，吞吞吐吐了半天，才说：阿姨，我还小呢，不着急。

杨阿姨看着锦秀的样子，忽然像想起什么似的问：锦秀，你姐多大啊？

我姐比我大两岁，今年二十五。

杨阿姨的脸色一下子就沉了下来。

那天晚上，母亲把黎京生叫到自己的房间，认真、严肃地谈了一次话。

她看着儿子，先是叹了一口气，然后说：孩子，你可都二十九了。

黎京生不明白母亲这句话的意思，呆呆地望向母亲。

孩子啊，都是妈连累了你，你早该成个家了。

妈，我不急。

母亲的眼圈有些红了：你可以不考虑自己，但你不能不替锦春考虑。锦春已经等了你四年，你们这样什么时候是个头啊？

黎京生也有些恍然。这段时间，他都不敢去想这个问题，一想，就头痛欲裂。几年前那份浪漫已经被生活磨断了翅膀。听到母亲这样说，他只能低下头去。

母亲的表情变得严肃起来：耽误你自己事小，锦春可是个大姑娘了。她调不过来，你也不能老是这么耗着人家，你得替锦春想想。

其实，即使母亲不说，黎京生也在考虑这个问题。如果说五年前，他对爱情、对生活充满了雄心壮志，此时，经过时间的磨砺，他开始学会了理智和平静。他真该仔细地想一想，他和锦春的关系了。

别人的爱情和事业

整整四年了，妹妹锦秀即将大学毕业，徐锦春却仍然守望着一份遥遥无期的爱情。面对思念与焦灼，她只能躲在一边，不停地抚摸着照片上的黎京生。黎京生还是那么英武、帅气，目光亲切地看向她。她每次看到这样的目光，一颗心就软了。黎京生依旧给她写信，每封信的内容也大致相同，说说他自己和杨阿姨，也说说锦秀。毫无二致的内容，每周都要重复上一次。即便这样，她看到黎京生的信时还是激动不已。

在这等待的四年中，家里发生了一件大事，那就是小妹锦香考学的事。锦香高中毕业那一年，已经出落成亭亭玉立的姑娘了，她和两个姐姐一样漂亮，学习也很优秀。

高考前，填报考志愿时，锦香和锦春发生了严重的冲突。锦香要学二姐锦春，想考到北京去，锦春却一心要妹妹报考军校。锦春自从想成为女兵的梦想夭折后，就把希望寄托在两个妹妹的身上。后来，锦秀考到北京后，尽管令她有些失望，但锦秀能够帮助她照顾黎京生的母亲，她多少还是感到了宽慰和踏实。如今，小妹锦香高中毕业，终于可以实现她的梦想了。她当兵的梦想也许缘于父亲徐长江对她的影响，作为家里的长女，对父亲的认识和理解是两个妹妹所不能及的。父亲是抗美援朝的老兵，军人的作风即使到了地方工作也没有丢掉，他把每一次的投信都当作新的冲锋。在她很小的时候，父亲就给她讲战争，讲部队，也就是从那时起，她开始梦想自己有朝一日也能成为一名军人。后来，父亲牺牲了，像军人一样英勇地牺牲了，父亲的死再一次强烈地触动了她。可惜，命运却阴差阳错，让她失去了当兵的机会。

现在的小妹锦香是成全锦春理想的最后一个筹码了，她一定坚持让锦香报考军校，但锦香的理想是考到北京，像二姐锦秀一样。锦秀对锦香的影响是巨大的，锦秀每一次从北京回到小镇的时候，身上都发生着惊人的变化，从说话到眼界，都让锦香羡慕不已。于是，她努力发奋读书，希望高考时也能像二姐锦秀一样，到北京去读书。

就在填报高考志愿的时候，锦香和大姐锦春发生了严重的冲突。

锦春苦口婆心地劝说着：你只要考上军医大学，毕业后就可以成为一名军医。

我要到北京上大学，像二姐一样。锦香固执地回答。

母亲史兰芝面对姐妹二人的争执，一时不好说什么，作为母亲，她理解锦春的心思，可锦香毕竟大了，有了自己的想法，她又能说什么呢？当锦香向她讨说法时，母亲淡淡地说：你考哪儿都行，妈都高兴。

志愿表攥在锦香的手里，她自己想怎么填就怎么填。就在填写志愿的最后一天，锦春找到了锦香的班主任。她从班主任那里找到了锦香的高考志愿表，上面无一例外地都填满了北京的学校。锦春就问班主任：这志愿还能改吗？

班主任点点头。锦春不由分说，把锦香的第一志愿改成了某军医大学。

班主任看看说：你们都商量过了？填写志愿可得考生自己做主。

锦春就解释道：我们一家人都商量好了，这也是我妈的意思。

班主任笑一笑，似乎很理解的样子。

完成了心愿的锦春，冲班主任叮嘱道：这事就不要告诉锦香了，好让她踏实地复习。

结果，高考结果出来后，军医大学的通知书就递到了锦香面前。锦香顿时傻眼了。这份入学通知书也是锦春从邮局拿回来的。当她看到通知书时，高兴得就像自己考上了大学。她特意在下班的路上买了鸡呀鱼的，准备晚上一家人庆贺一下。不料，锦香在看到通知书时，一副惊呆的样子。锦春这才说了实话。锦香把通知书摔在锦春的怀里，跑回自己的房间，痛哭起来。

那天晚上，一家人都在做锦香的工作，包括从北京放假回来的二姐锦秀。锦香哪里听得进去，扬言要把录取通知书退回去。最后还是锦秀说：你要是不服从录取，以后就取消你的高考资格。这的确也是当时的高考制度。

在去大学报到前的日子里，锦香就跟变了个人似的，谁也不理，躲在屋子里不是看书，就是坐着发呆。那几天，锦春为锦香也花费了许多心思，给她买衣服，给她买吃的，都没能打动锦香。

锦香离开家的那一天，母亲史兰芝和锦春去火车站送锦香。

锦香一路上谁也不理。到了火车上，顾自把东西放到行李架上，就再也不看车窗外的母亲和锦春了。

母亲哽着声音说：香呀，到了大学写封信回来。

锦香不说话，头扭向一边。

锦春也说：军校不同别的大学，你要严格要求自己。入学后，你就是一名军人了。

锦香的头仍然那么别着。

火车开动的瞬间，锦香突然把头转过来，歇斯底里地冲母亲和姐姐喊：以后我再也不回来了，我不认你们，也不认这个家。

说完，锦香满眼是泪。

母亲和锦春呆呆地望着列车远去。听着锦香的话，两个人的心突然凉了下来。

列车很快就消失了，锦春再也承受不住了，她突然伏在母亲的肩头，哭着说：妈，是我错了吗？

母亲没说什么，她努力把含着的眼泪忍回去，拥住了锦春的肩膀。

果然，锦香在入学的十多天后，才给家里来了一封信。她在信里只写了一句话：我到学校了，你们这回都满意了吧？

以后，在很长的时间里，锦香再也没有来过信。母亲看到信时，眼泪再也止不住了，很快就打湿了薄薄的信纸。

锦春自然要给锦香写回信。信中，她没有向锦香道歉，只是说：锦香，你现在也许还不懂姐姐给你规划的未来，但总有一天，你会明白姐姐的苦心。你能考取军医大学，可以说是满足了姐姐的心愿。姐姐从小就想当一名军人或者是医生，现在你替姐姐完成了，姐要感谢你一辈子……

信写到这儿，有几滴泪水洒在了纸上。

第二天，锦春把信连同自己的眼泪一起寄给了锦香。

锦香似乎铁了心，仍然一个字也不回。为了这件事，母亲的心里似乎压上了一块石头，她不停地叹息着。每天锦春下班回来，母亲都满怀期待地问上一句：锦香有信来吗？

刚开始，锦春还会冲母亲摇摇头，时间长了，她只是淡淡地说：这个死丫头，妈你就别管了。

第一个寒假，徐锦香没有回家。锦秀都回来几天了，锦香仍然没有回来。母亲那几天几次三番地去火车站等锦香，看着出站口来来往往的人，就是不见锦香的身影。那些日子，锦春也不踏实，她也偷偷地跑到火车站去张望。最后，竟然与母亲不期而遇。心照不宣的两个人，只能神情低落地回到家里。

锦秀知道她们为何不高兴，故意轻描淡写道：锦香放假前给我写过信，说她寒假不回来了，她要和同学下部队体验生活。

母亲和锦春听了，都感到很吃惊，锦秀仍随意地说：这有什么呀？我们系有很多同学假期都不回家，既省路费又能勤工俭学，一举两得。别管她，她爱干吗就干吗，想回来自然就回来了。

锦秀这么说了，母亲和锦春心里仍感到沉甸甸的。毕竟锦香是第一次离家，寒假又赶上春节，团圆的日子少了一个人，节就过得有些冷清。

春节一过，锦秀就心里长了草似的回学校了。家里只剩下母亲和锦春，日子又开始了周而复始，锦春也开始了新一轮的期待。她期待会有什么惊奇的东西，进入她的生活中，改变眼前这种死气沉沉的生活。

然而，现实就是现实，她没有等来有关自己的任何变化，却等来了锦秀毕业的消息。

锦秀毕业的那个假期没有回来，只在信中说，要忙工作上的事。不久，锦秀又有信来，说自己被分配到北京的一家化学研究所工作。也就是说，锦秀现在已经是北京人了，她正式拥有了北京的户口和工作。

锦春读着锦秀的信，哭了，泪水点点滴滴地落在信纸上，她替妹妹高兴的同时，也有了一种莫名的忧伤。她梦想着自己能拥有北京户口，然后在北京工作，结果她没有，妹妹却水到渠成地拥有了这一切。当年，她想成为女兵的愿望也没有实现，妹妹锦香实现了。现在，徐锦春还是那个徐锦春，她如同一头磨道上的驴子，从起点出发，又回到了原点。她就这么不停地走下去，走下去，她已经有些精疲力竭了。

那天晚上，她失眠了。窗外皎洁的月光依然皎洁，此时的锦春却换了一种心情，她真该好好地想一想了。她首先想到了自己和黎京生此时此刻的关系，如果不是因为她，黎京生也许早已经结婚了，生活上也就有了一个帮手。她理解他现在的难处，有时候甚至不敢想象他这几年是怎么过来的。尽管她时常能够在梦里见到他，但不管梦境多么美好，醒来后的现实就会让她冒出一身虚汗。那几年，她几乎就是凭着一种美好的愿望在撑着，黎京生也一再地在信里鼓励着她：一切都会好起来的。于是，她默默地期盼着、守望着一份没有结果的结果。

不知什么时候，母亲史兰芝像梦一样飘到了她的床前，母亲拉住了她的手，她才知道这不是梦。自从锦香走后，家里就剩下她和母亲，以前满满当当的家，一下子就空了，空得让母亲感到有些发虚。也就从那时开始，母亲经常会坐在她的床前，和她说说话。

母亲终于说：锦秀这丫头，这回行了，成了北京人，还有了工作，以后咱们就不用为她操心了。

听了母亲的话，她有些想哭，握着母亲的手微微的有些发潮。后来，她就把母亲的手放在了自己的脸颊上。

母亲长长地吁出一口气，又说：人家都说当老大的总吃亏，命不好，你看，在咱家这句话就应验了。想得到的，得不到；不想要的，却啥都有了。

这时，她的泪水又一次涌出来，湿了自己的手，也湿了母亲的手。

母亲继续地说下去：锦香也太没良心了，人走了两年，也就没了两年的信，真是身在福中不知福啊。妈想开了，就当没生过她，有你和锦秀，妈这辈子就够了。

妈，当初逼锦香读军校，也许真的是我错了。

母亲突然就哽了声音：你是老大，别老对呀错的说自己，你爸没了，这个家就该你当，谁让你是老大哪。锦香她现在不懂事，早晚有一天她会明白的。

说到这儿，两个人都静了下来。窗外有风，沙沙地吹着，月光依然皎洁如初。

母亲似乎在下着决心，终于，她狠下心说：春呀，你和黎京生的事到底是咋想的？跟妈说说，这都五年了，再这样下去，你也耽误不起啊。

锦春松开母亲的手，慢慢坐了起来，朦胧中看着母亲。其实，她也一直在考虑这个问题，只是始终没有想透，但在这个晚上，听了母亲的一番话，她忽然什么都想通了。她冷静地说：妈，明天我就给黎京生写信，让他别等了。

母亲尽管已经料到这样的结果，但真从女儿的口中说出来，她还是感到一阵心痛。是啊，锦秀在北京有了工作，锦香也上了军校，几个孩子的命就数锦春不好，要什么没有什么，做母亲的多么希望锦春的命运能出现转机啊！

锦春见母亲有些难过，就劝道：虽然我和京生没有这个缘分，但锦秀有。

母亲似乎没有听懂也听不明白锦春的话，她疑惑地看着锦春。

锦春索性把话挑明了：妈，我想让锦秀嫁给黎京生。

母亲听了，倒吸了一口气，半晌才说：锦秀又不是你，就是京生同意，锦秀她愿意吗？

锦春把话说到这个分儿上，似乎一下子轻松了，她干脆地说：妈，你就说他俩般配不般配吧？

母亲仔细地琢磨了一下，其实也没什么好想的，一个是自己的女儿，另一个是熟悉的黎京生，有一段日子她已经把黎京生当成家人来看了。

母亲终于说：按说哪，京生是好孩子，他当战士时咱们就认识，这么多年了，还不知道他是啥人？可京生喜欢的是你，你也喜欢京生，你妹妹能行吗？

妈，这你就别管了，等过两天锦秀回来，这话我跟她说。

母亲望着窗外，望着月色自言自语着：京生是个好孩子，在北京又有家，要是锦秀能和他好上，也算是一种缘分。

母亲说到这儿，再也说不下去了，她捂着脸，抽抽咽咽地回到自己房间去了。

母亲一走，锦春再也支撑不住，躺倒在床上，蒙着被子呜呜地哭起来。她哭自己夭折的爱情，也在哭自己的命运。

其实，让锦秀嫁给黎京生的念头她早就有了，她一直没有说出来，是时机还不成熟。现在，锦秀大学毕业留在了北京，可以说什么条件都具备了，她却因为舍不下黎京生而一拖再拖。但她也明白，有时候爱一个人也是需要条件的，在爱情的路上走过一遭的锦春如今懂了许多。作为女人，她是敏感的，她从锦秀和黎京生写给她的信中及时地捕捉到了一丝丝的微妙。锦秀在信中写到黎京生时总是充满了赞美和叹服，她说：黎京生是个好男人，他不仅顾家、孝顺，还很细心、体贴，我做阑尾手术后基本上都是他照顾的，这让我很感激。姐，你一定要好好地爱他，他值得你爱。黎京生也在信中洋洋洒洒地描述着锦秀，他说：春，锦秀像你一样朴实、善良，每次她来家里妈都高兴得要死，屋子里也顿时充满了生机，我要是有锦秀这样的妹妹就好了。

刚开始锦春在读到这样的信时，还感到欣慰和幸福，后来这样的话越来越多，她的心里就不是个滋味了——有些别扭，感觉也怪怪的。虽然，他们在她的眼里都是自己最亲近的人，这些话从她嘴里说出来怎么都不过分，但被他们这样说出来，她心里就有些酸酸的。

那时她就隐约有种感觉，甚至不停地想：如果黎京生和锦秀在一起又会怎样呢？

她这么想时竟把自己吓了一跳，惊出一身冷汗。

随着时间的推移，这种想法不断地在她的脑海里强化着，当她意识到，自己对爱情的守望将是遥遥无期时，一个大胆的想法在脑子里跳了出来——让锦秀代替自己嫁给黎京生。这个想法一旦冒出，便不可遏止，甚至是越来越强烈了。假如黎京生和别的女人结婚，她将会非常痛苦，甚至会痛苦上终生。但如果是锦秀嫁给黎京生，尽管有些无奈，她也会无比的欣慰。

想法一经确定，她就开始盼着锦秀早些回来。锦秀在信上说，一忙完户口和工作的事就回家看看，以后工作了，回来一趟就没那么容易了。

几天后，锦秀果然回来了。她给母亲买了衣服，又给锦春买了一些书，同时也例行带回了黎京生给一家人准备的礼物。这几年，只要锦秀回家，黎京生总不忘让她带回一些北京特产。

一家人亲亲热热地说着话就到了晚上。锦春靠在床上织着手里的毛衣，姐妹俩有一搭无一搭地说着话，锦秀的话很多，她躺在床上，漫无边际地说着北京的变化。

锦春这时就打断了她的话：秀，你现在在北京工作了，自己的事你是咋想的？

锦秀愣了愣，然后就瞪大了眼睛：什么咋想的？好好工作挣钱呗。姐，我倒想问问，你和黎京生的事到底有何打算？你们俩现在都挺难的，不能再这么拖下去了，这次我回来就是想和你谈谈这件事。

锦春平静地说：不用谈了。我已经想好了，我和黎京生的关系到此为止。

锦秀睁大眼睛，几分惊喜，又有几分担忧：姐，你真是这么想的？

锦春点点头说：京生也该有自己的生活，我们都等了这么久，人还是现实些比较好，不能只想着自己。

锦秀“腾”地跳下床，坐到锦春的床边，一把抱住了她：姐，你能这么想我就放心了。毕竟你自由了，黎京生也自由了。

锦春慢慢地把手里的毛线活放下，捧住锦秀的脸，平心静气地说了一句话：锦秀，你要答应姐一个条件。

姐，你就别绕弯子了，有话你就说。

你答应我，嫁给黎京生！

锦秀的眼睛一下子就瞪圆了，半晌没有说出一句话。

这一切都在锦春的预料之中，她不紧不慢地说：别这么看着我，姐又没疯。你知道姐和京生是不可能的了，你和他接触这么多年，他是什么样的人你比我清楚。他是个好男人，配得上你，别看你是大学生。

锦秀突然就喊了起来：姐，我说的不是这个。

说什么都一样，你们俩心里其实都有对方，如果你不嫁，别的女人嫁给京生，你不难过？

姐，我和黎京生的关系不是你想的那样。锦秀不知说什么好了，她的确感到太意外了。

锦春的眼里渐渐有了泪水：秀，什么都别说了，你答应姐，黎京生的工作我来做，不用你管。我知道，你们在一起是最般配的。

姐……

锦秀也是热泪盈眶。

锦春慢慢起身，最后竟跪在了锦秀面前：秀，就算姐求你了，求你替姐嫁给京生，替姐好好爱他，姐给你跪下了。

锦秀一把抱起姐姐，两个人哭成了一团。

别人的风景

世界上最让人琢磨不透的就是感情了。

黎京生和锦秀的感情又属于哪一种呢？他们也说不清楚。最初，两个人之间的来往完全是因为锦春，随着双方不断的了解，黎京生也曾感慨，如果锦秀是锦春就好了。然而，锦春就是锦春，她不是锦秀。他只能接受眼前的现实，而现实又让他矛盾和困惑，他意识到自己和锦春走到一起的希望越来越渺茫。但他是个守信用的男人，为了这份心底的承诺，他还要坚守下去。可何时才是个头呢？他心里一点儿底也没有。

锦秀对黎京生的感情应该说更复杂一些，她认识他的时候还是个初中生，男人在少女的心里还是另外一种风景——羡慕、仰视之外，甚至还有些距离。当她知道姐姐和黎京生在谈恋爱时，她的内心还做不到平静，看着两个人的那种浪漫，她曾经渴望过，也嫉妒过。那时的她就想，自己有朝一日恋爱了，也要找个像黎京生这样的男人。黎京生在少女锦秀的心里，几乎成了爱情的一把标尺。高考前，她将报考的大学毫不犹豫地选择在北京，也可以说与黎京生不无关系。抽象的北京，也正是因为黎京生变得具体而生动了。黎京生便成了北京的象征。

来到北京后，锦秀虽然生活在校园里，但她一直有一种漂泊感，无依无傍。自从她走进了黎京生的家，一颗心总算安稳了下来。虽然，杨阿姨瘫在床上，但那毕竟也是一个家。刚开始的时候，她完全是在锦春的逼迫下走进黎京生的家，但后来，就完全是心甘情愿了。她也明白，自己和黎京生的关系有些微妙，但作为姐姐和黎京生关系中的局外人，她开始觉得姐姐与黎京生的恋爱是一种误会。如果黎京生仍在部队工作，那将另当别论。如今，黎京生回到北京，而姐姐又不可能调到北京，这种天各一方的恋爱，就成了一种游戏。她作为大学生，作为更适合社会的现代人，她劝过黎京生放弃这份守望和等待。

她认为，爱情应该是美好的，而不是残忍的。黎京生和姐姐这种无谓的等待，根本就是一种残忍。姐姐应该有她的生活，虽然她的生命中和黎京生曾经有过交叉点，但现在，到了该分开的时候了，这将对两个人都有好处。

锦秀对锦春突然提出让自己嫁给黎京生的想法，感到既吃惊又如释重负。锦春终于从自己编织的网中走出来了，但让她讶异的是，锦春会这么想。

锦春决心已定，在锦秀返回北京时，她也毅然踏上了同一趟列车。这是她第二次进京了，那一次是送妹妹上大学，同时也是去看看分别已久的黎京生。如今，北京的变化很大，而锦春的心情也是另一番滋味了。

锦秀在化学研究院的宿舍是筒子楼里的一间。第一天晚上，锦春和锦秀挤在一张床上，两人聊到很晚。黑暗让她们少了许多顾虑，话也显得很真诚。

锦秀问锦春：姐，你真的爱过黎京生吗？

当然。如果不是因为爱，我不会劝你嫁给他。黎京生是个值得爱的男人。

锦秀又问：那你放弃他不后悔吗？

锦春突然说了一句非常具有哲理的话：放弃他也是为了爱。

半晌，锦春又补充道：京生需要有人爱，他现在太难了，需要一个帮手。如果我不放弃，他还会难下去。他难，我心里也不好受。

锦春说到这时，嗓子开始有些发紧。

锦秀望着黑暗，宽慰着锦春：姐，你不要有什么难过的，我以前就说过，你和黎京生有缘没分，爱情之花只有开在现实的土壤中，才是幸福的。

锦秀在抒发一番感慨后，又把话题落回到实处：姐，别看你现在难过，但你的决定是对的，我赞成。过一阵子你就会解脱了。

说到这儿，她揽紧了锦春的肩膀：你也老大不小的，结束这段感情后，你也该考虑一下自己了。哎，姐，那个苏排长现在怎么样啊？

锦春没有说话。

姐，我看那个苏排长对你有些意思。当初你和黎京生恋爱时，我就看出他有些酸溜溜的。这么多年他都没有找朋友，我看他是在等你呢。

锦春把身体翻向一边，用后背冲着锦秀。

锦秀仍顺着自己的思路说：苏排长也是个好人，人老实，也本分，是个过日子的人。他就是转业了，也能留在小镇，这就是现实。

锦春已经泪流满面了，她低声地说：别说了。

锦秀果然就不说了，她放松身体，很快就睡去了。锦春却毫无睡意，她在想自己该以什么样的方式让黎京生离开自己。

第二天一早，一夜没睡的锦春有些疲惫，看到锦秀上班后，她决定稍微休息一下，等待晚上的来临。她已经和锦秀商量好，晚上她去见黎京生，锦秀专门过去照顾杨阿姨。

一天的时间里，她大多时候是坐在窗前，看着日影一点点地西去。傍晚终于来临了。镜子里的她脸色苍白，面部僵硬，她冲着镜子里的自己说：徐锦春，你应该笑一笑，黎京生不喜欢你现在的样子。

她冲着镜子就笑了，笑得有几分虚假，一点也不生动，连她自己都不满意。她冲进洗手间，狠劲儿地洗着脸。出门前，又拍了拍脸颊，希望能使脸色看起来红润一些。

她在胡同口等待着黎京生，这条胡同是黎京生回家的必经之地。她来到时，过往的人还不太多，没多久，人就多了起来。下班的人熙熙攘攘地从她面前走过，她忽然心生羡慕。也许，走在北京的街道上他们显得很平凡，可他们是北京人，凭这一点，就足够她羡慕了。就在她胡思乱想的时候，黎京生出现在她的视线里，他们已经四年没见了，黎京生显得更加成熟了，样子干练而潇洒。她望着他，胸口一热，嗓子就有些发干。黎京生急匆匆地走过来，他没有发现她，就在他走过她面前时，她突然喊了一声：京生……

黎京生就站住了，表情很是惊讶，他做梦也不会想到，锦春会出现在他的面前。待他确信这一切不是梦境时，他惊呼了一声：锦春……

然后，就奔了过来。锦春冲他笑一笑，故作轻松地说：我送锦秀过来，顺便来看看你。

黎京生忙问：锦秀呢？咱们别在这儿站着，回家吧。

锦春听了，心里动了一下，这里哪有她的家啊？她的家只在那遥远的小镇。

锦春没有随黎京生回到他家，可她内心又是多么希望走进去，看一眼她曾经熟悉的一切，那里有着她无尽的牵挂和想象。

那天晚上，锦春和黎京生在一家小饭馆相对而坐。

黎京生明显地感受到了锦春情绪上的变化，有些愣怔地望着她，一时不知该说些什么。

锦春替黎京生倒上酒，又给自己倒了一杯：京生，为了这次相见，干了它。

说完，举起酒杯，和黎京生的酒杯轻轻碰了一下，一饮而尽。

锦春的脸有些红了，喝下去的酒似乎让她有了说话的勇气。见黎京生之前，她就打算让自己醉上一次。

她看着黎京生说：京生，我们是四年后才见了这一面。

黎京生听了，样子有些惭愧：都怪我不好，我没有能力把你调到北京。不过，你放心，一切都会好起来的……

他的话还没有说完，锦春就挥手打断了他的话：京生，是我对不起你，这四年都是我拖累了你，要怪就怪我醒悟得太晚了。

黎京生怔怔地望着锦春，真不知说什么好了。

锦春意犹未尽，又给自己的杯子倒满了酒，一饮而尽。她忽然就有了一种飘飘的感觉，那种状态是她从来没有体验过的，放松、惬意。她甚至冲黎京生笑了笑：京生，你觉得锦秀怎么样？

黎京生不明白锦春的用意，一脸认真地说：锦秀是个好姑娘，大学毕业，可以说前途无量。

锦春扬起了手：我没问你这个，你觉得她和我比，谁更好？

黎京生莫名其妙地打量着锦春。锦春不等他回答就说下去：锦秀是大学生，户口和工作都落在北京，她现在是个北京人了，我想让你喜欢她，让她嫁给你。

此时的黎京生只能说是目瞪口呆了。锦春仍沉浸在自己的思路里：这话我已经跟她说过了，就差告诉你了。京生，我配不上你，没有北京户口，也不能在北京工作，你现在需要有个人做帮手，以后就让锦秀来帮你吧。

锦春说到这儿，眼里已经含满了泪水。

黎京生顿时被弄得云里雾里，一会儿冷、一会儿热的，他不知道这一切是现实还是梦境。

两个人从饭馆里出来后，就走到了天安门广场。广场上，一对对的情侣从他们面前走过。

锦春有些喝多了，走起路来飘飘忽忽，黎京生小心地扶着她。

她目光迷离地望着眼前的一切，苦笑着说：京生，咱们相恋五年了，虽然苦，但我心里是甜的。今天，咱们就在这里画上一个句号吧，你把我从心里拿出来，把锦秀装进去。

锦春，你这是在说酒话，别胡说。

她踉跄着停下脚步，目光里透出坚定：黎京生，我跟你说的都是真话。以后，我不会给你写信了，你也不要给我写。你要好好地爱锦秀，就像当年你爱我一样。如果你对不住她，我会找你算账；要是她对不起你，我也饶不了她。

黎京生还想说什么，这时一辆公共汽车驶入车站。锦春看也不看地上了车，车门随后关上了。黎京生手足无措地站在那里，望着公共汽车从眼前驶过。

锦春透过车窗远远地向后望去，突然失声痛哭起来。

说出来了，一切就变得轻松了。那天晚上，她默然地回到锦秀的宿舍，锦秀也刚刚回来。

锦秀望着锦春的模样，眼神复杂，不知为什么，她在锦春面前一下子变得小心翼翼起来。她小声地问：姐，你没事吧？

锦春坐在床边，盯着锦秀看了好久，终于说：秀，我告诉你，黎京生是个好人，姐的眼光不会错。以后，你要好好对他，有什么差错，姐饶不了你。

锦秀半蹲着伏在锦春的腿上，锦春一下子把她抱住了，这时她又有了想哭的冲动，她深深地吁了一口气，狠下心说：我已经和黎京生谈过了。别看你是大学生，黎京生配得上你。现在，我把他交给你了，你要好好待他，替姐把这场梦续下去……

一串泪水滴在了锦秀的头发上。

锦秀叫了一声：姐，你别说了。

锦春走了。她没有让锦秀送，更没有惊动黎京生。

火车上，她一直站在车厢连接处，默默地想着心事。她又一次想起四年前离开北京时，黎京生相送的场面。列车终于启动了，看着车下的人们有哭有笑的样子，她的眼睛一下子湿润了。透过蒙眬的泪眼，望着掠过身后的景物，她在心里说：再见了，北京……

回到家的徐锦春就病倒了，高烧下晕晕乎乎地睡了三天三夜。母亲一直守在她的身边，不停地为她更换着敷在额头上的毛巾。

她终于睁开了眼睛，迷迷糊糊地问：我这是在哪儿啊？

母亲抚摸着女儿憔悴的脸庞：春啊，你这是在家里。你一回来就开始发烧，这都第三天了。想吃啥，妈给你做去。

锦春的意识慢慢恢复过来，她摇了摇头，望着熟悉的一切，最后把目光定在了母亲的脸上，软软地喊了一声：妈……眼泪就又不争气地流了下来。

母亲宽慰着女儿：春哪，想开些，不论发生啥事，都没有过不去的坎儿。当年你爸扔下咱娘几个，咱们还不是挺过来了？

妈，我和京生结束了。

母亲掩饰着伤心说：世界上的东西，是你的就是你的，不是你的，争也没用。春哪，你才二十六，还不算晚，咱从头再来，找一个跟京生一样优秀的小伙子。

锦春再也控制不住了，哽咽着说：妈，难道我的命就真的没有锦秀和锦香好吗？

母亲回答不了女儿的问题，只是抱紧了锦春。

锦春在母亲的怀里终于彻底放松了，她哭一会儿，又说一会儿。

她说：锦秀和锦香都走出了小镇，她们是有用的人。妈，这个家里就我没用，让你伤心了。

母亲拍着锦春的肩头，轻轻地说：春啊，你是老大，在妈的眼里你比两个妹妹都强，心眼好，心里也有妈，有这个家。她们好，有啥用？离妈这么远，以后妈就指望你了。

母亲的话再一次唤起了锦春内心的责任：妈，我哪儿也不去，就待在这儿，永远跟你在一起。

母亲这时已经是泪光闪闪了。

飞翔的爱情

甜美的爱情总是相似的，黎京生与徐锦秀的爱情就是这样。

如果说在这之前，他们还把各自的情感深埋在心底，而此时锦春的悄然退出，使横亘在两个人心中的障碍消除了。呈现在他们面前的，只是一条通往幸福的坦途。

在锦秀看来，这一切都是水到渠成的事情，即便自己不和黎京生好，黎京生也会和别人好上的。自从她到北京上学，她就预感到锦春和黎京生的爱情是走入了死胡同。锦秀不像姐姐锦春那样富于幻想，她看任何问题往往都比较现实。以前，自己是以大学毕业生的身份留在北京，并分配到了不错的单位，这在其他人的眼里已经是一步登天了。但接下来，她想到的却是在北京成家立业，扎下根来，成为真正的北京人。上大学的时候，很多同学都在悄悄地谈恋爱，她在心里对这种爱情是瞧不起的，她认为那根本就是瞎折腾。果真，毕业后，一切都顺理成章地按着她的预想得到了应验。系里的同学大多数被分到了全国各地，那些校园爱情自然也都惨遭夭折，锦秀冷静地看着那些哭天抹泪的同学恋人，心里有些发笑。她知道，伤心、难过那是别人的事情，她从来到北京的那一天起，就把自己的未来想好了，她要和北京人恋爱，然后结婚，至少这样不需要白手起家。而如果和同学谈恋爱，即使都留在了北京，两个人赤手空拳地打天下，这个过程会很长，也很辛苦。

她在上学期间和黎京生来往时，同学们都在传她在恋爱，还有人羡慕地问她：你男朋友真帅，怎么认识的？在哪儿工作呀？

面对同学的疑问，她从不多说什么，微微一笑，一副讳莫如深的样子。有时候，黎京生送她到学校门口后就要走，她都热情地把他带到校园，遇到熟悉的同学时，黎京生也会大方地点点头。很快，同学们就从她的嘴里知道，黎京生是部队转业的排长，大家就对她越发羡慕。

尽管，她清楚地知道姐姐与黎京生的爱情宛如海市蜃楼；也尽管，她很想找一个北京人做男朋友，但她从没有把黎京生和自己联系在一起。毕竟，黎京生是姐姐锦春的爱人，如今姐姐的退出，让她抓住了到手的幸福。

锦春走后，黎京生的神情总是恍恍惚惚的。下班回来，伺候完母亲，就坐在那里长久地发呆。

锦秀工作后基本上每天都过来看看，她已经把这里当成了自己的家。上大学时，她是在替姐姐照料着这个家，慢慢习惯后，偶尔不去就浑身感到别扭。家就是家，虽然杨阿姨躺在那里不能动，但家的温馨还在。每次过来时，她都会买好菜，一边照顾杨阿姨，一边就把饭菜给做了。黎京生下班后，看到锦秀来了，也很高兴。他总想帮着锦秀做点什么，都被锦秀推了出去：做饭、收拾屋子是女人干的事，你就陪阿姨说说话吧，阿姨也憋了一整天了。

黎京生走出屋子，点了一支烟，慢慢地吸起来。望着正在沉下去的夕阳，他不由得想起了远在边陲小镇的锦春。他拧着眉头，细细地回味锦春的一颦一笑，直到锦秀喊他回去吃饭。在这之前，锦秀已经给杨阿姨喂好了饭，还陪着她说了会儿话。杨阿姨在床上一躺就是几年，偶尔才去医院检查一下身体，对外面的任何事情都感到新鲜。锦秀过来时，最高兴的莫过于杨阿姨了。此时，听锦秀讲着外面的新闻，她感到了空前的幸福。

两个人正闲聊着，就说到了锦春。那是无意中的一句话，杨阿姨问：锦秀，你姐最近有信来吗？

锦春上一次到北京来，杨阿姨当时并不知道。锦春走后不久，杨阿姨向黎京生问起锦春的消息，黎京生才说出了锦春提出分手的事。

半晌，杨阿姨都没有说话，泪水汹涌地流了出来。她慢慢叹了一口气，才说：儿子啊，是妈连累了你。锦春是个好姑娘，你错过了。

黎京生看着母亲痛惜的样子，又能说些什么呢？

以后，锦春的名字虽然不再被一家人提起，但锦春还是深深地装在了杨阿姨的心里。这时，她忽然就想到了锦春。杨阿姨马上就意识到说漏了嘴，锦秀却随口说：阿姨，她挺好的。

杨阿姨就喃喃道：她会找个好人家的。

也许，这是杨阿姨打心底里的祝福，也许是她有感而发的感慨。

吃饭的时候，锦秀和黎京生两个人面对面坐下，黎京生几乎不说什么，埋头吃饭，锦秀不停地把菜夹到黎京生的碗里。在锦春没有把事情挑明之前，黎京生在心里是把锦秀当成了自己的妹妹。因为锦春，他把锦秀当成了自己的家人。现在，锦春退出了，而且挑明了希望自己和锦秀走下去。

事实上，他也在心里把锦春和锦秀姐妹比较过，那时他就想过，锦秀要是锦春就好了。锦秀无疑是可爱的，也更现代、更时尚，可她毕竟是锦春的妹妹，他只把她当成了亲人。现在，一切透明了，两个人的关系水落石出，他一下子变得被动了起来。

吃完饭，天就暗了。收拾好碗筷的锦秀走进了杨阿姨的房间，杨阿姨就说：锦秀，天还早，你和京生去外面转转吧，我没事。

锦秀就出来，冲黎京生说：我们出去走走。

黎京生被动地跟着她走出了家门。走着走着，就又来到了中山公园。

二十世纪八十年代的年轻人谈恋爱还没有更多的去处，公园自然就成了恋人的最爱。徐锦秀和黎京生很快就成了别人眼里的风景。

锦秀随意地环住了黎京生的胳膊，黎京生一抖，下意识地想把胳膊移开，却被锦秀死死地拽住了，黎京生僵硬的身体还是感受到了锦秀的柔软。

两个人沉默着走出一段路，锦秀终于说：京生，你是不是觉得我不如我姐？

没、没有啊。黎京生口吃似的说。

那你干吗对我一点也不热情？锦秀不依不饶地追问。

黎京生不知如何回答了，他用手擦着脸上的汗说：这天可真热。

我知道，你是放不下我姐。

黎京生掩饰着：咱们到前面坐一会儿吧。

两个人就在一张长椅上坐下。锦秀这时已经变得平静了许多：你和我姐已经不可能了，也许，过不了多久，我姐就会爱上别人。

她这样说时，黎京生竟不易察觉地打了个冷战。

锦秀眼睛望向前方，不管不顾地说下去：你不能一辈子就这么过下去吧？爱情有时是要讲现实的。如果我不出现在你的生活中，你早晚也会爱上别人，我也许会与别人结婚，那样你就可以释然吗？

黎京生听到这儿，认真地看了一眼锦秀，他发现锦秀尽管长得很像锦春，但骨子里却又是那么的不同。

她的这句话，让黎京生惊醒了，他又一次认真地看了一眼锦秀，突然，他就有了一种冲动。他伸出手，死死地把锦秀拥在了怀里。锦秀下意识地“啊”了一声，黎京生这才松开了手，嘴里喃喃着：锦春，锦春……

锦秀歪着头，嬉笑着说：我可不是锦春啊，不过，你就把我当成锦春好了，反正我是她的妹妹。

在黎京生的眼里，此时的锦秀和心里的锦春已经叠加在了一起，甚至分不清彼此了。他听了锦秀的话，恍若梦里。

从那以后，锦秀很少回单位的宿舍了。她下班后，径直到黎京生家照顾杨阿姨，晚上，她就留在了黎京生的房里。她终于真实地找到了家的感觉。

一天，她冲黎京生说：京生，我们结婚吧。

在一个周末的下午，两个人愉快地领了结婚证。

脱胎换骨

徐锦春得知黎京生和锦秀已经结婚的消息，是在他们拿到结婚证后的第十天。锦秀给锦春来了一封信，锦秀的信是这样写的：

姐：

你接到这封信时，我和京生已经结婚了。这是你的愿望，我想你会替我们高兴的。你是我的好姐姐，又明白事理。你和京生相恋了那么久，没有感情是不可能的。也许，你得到这个消息，心里会有些难过，但眼前的情境你再清楚不过，你和黎京生是无法走到一起的，你为了黎京生的幸福，主动放弃了这份无望的爱情。即使我不和京生结婚，他也会娶别人，他需要帮手，这你比我清楚。既然姐相信我能照顾好他，我就替姐好好地去爱。姐，你放心，现在京生是我的爱人，我会用心去呵护这份特殊的爱情……

锦春读着信，一颗心不停地颤抖着，她终于忍不住号啕大哭起来。

她的哭声惊动了母亲，史兰芝推开门，看到桌子上放着的信，就什么都明白了。她坐在锦春的身边，安静地等待着。

锦春终于停止了哭泣，哽咽着：妈，我心里憋得慌啊。

史兰芝望着女儿，她理解女儿此时的心情：春啊，你就好好哭一场吧，哭透了，心里就畅快了。你跟妈一样，忙来忙去的，都是替别人在忙。忙完了锦秀，又忙锦香，临了，连个好都没人说。

锦春使劲儿抹了一把眼泪，破涕为笑道：谁让我是她们的大姐哪！妈，我已经哭完了，你看，现在我没事了。

她勉强的笑容，令史兰芝落下泪来：春啊，我在你面前是妈，难受你就使劲儿地哭，妈这心里才觉得踏实。

锦春很快恢复了常态：妈，只要她们过得好，我就开心。等锦香也毕业、结婚后，咱就什么都不用管了，也好省省心。

史兰芝叹了口气道：唉，你跟京生这么多年，总算有了了结，你也该想想自己了。

妈，你是怕我嫁不出去呀？放心吧，我不会当老姑娘的。

锦春说到这儿，站起身，仔细收好锦秀的来信，放到柜子里。那里已经放了许多信，更多的都是黎京生写来的。史兰芝曾建议把那些信烧了，她担心女儿睹物思人，难以自拔，锦春却轻描淡写地说：不就是信嘛，留个念想吧。母亲见锦春这么说，也就不好说什么了。

这天，徐锦春正在上班，边防站的排长苏启祥出现在邮局里。他的出现，锦春并不感到吃惊，以前边防站有人下山到小镇办事，总会抽空到邮局取走信件。无论是边防站哪一个过来，锦春总是热情地招呼着。她亲切地请苏启祥坐下，然后就去取边防站的信件。

苏排长就说：锦春，今天俺不是来取信的，是向你告别的。

锦春有些吃惊地问：告别？你这是要去哪儿啊？

我调到守备区工作了，去作战科当参谋。

哎呀，苏排长，不，苏参谋，恭喜你啊！锦春高兴地表示祝贺。

苏启祥立起身，背着手在锦春面前踱了两步，低下头，谦虚地说：

哪里啊，就是个副连职参谋。工作需要，没什么大不了的。

邮局下班的铃声响了，锦春一边收拾着桌上的东西，一边说：苏参谋，你几点的火车啊？要不跟我回家，吃了饭再走。

苏启祥开始有些腼腆，抓抓头皮，又咳了两声：锦春，我到你这儿来，是专门向你告别的。

说完，又看了看表说：火车是晚上十点多的，还有好几个小时哪，我……我想请你吃饭，和你聊聊。

锦春见苏启祥这么说，就爽快地答应了。

两个人来到一家小饭馆，面对面地坐下了。

锦春还开起了玩笑：你这一走，就不回来了吧？

苏启祥听了，马上急赤白脸地说：哪儿的话，边防站和小镇是我的第二故乡，以后我会经常回来的。

其实，守备区驻扎在市里面，市里距小镇也就几十公里，每天都有几趟火车途经市里，来往还是很方便的。

苏启祥为自己要了啤酒。锦春一边吃着，一边看着苏启祥喝酒。几杯酒喝下去，苏启祥的神情就自然了，话也多了起来：听说黎京生结婚了，他给战友们来信都说了。

听到黎京生几个字，锦春的心就又顿了顿，有一种针扎一样的感觉。她没有说什么，掩饰地笑了笑。

苏启祥见锦春一副水波不兴的样子，就又说：你看你和黎排长谈了这么多年，这咋搞的，说分手就分手了。我看黎京生的人品有问题。

锦春有些不高兴了，她接过话头说：这事和黎京生没有关系，是我调不到北京去，我不能拖累他，是我提出分手的。

苏启祥呆愣片刻，才说：噢，是这样啊。分开也好，你这么优秀，还愁找不到合适的？

锦春就淡淡地笑了一下。

苏启祥一下子似乎又有了心事，吞吞吐吐地说：锦春啊，你看俺这人咋样？

锦春想也不想地说：挺好的呀！边防站的军人我都觉得挺棒的，因为你们是军人嘛。

苏启祥的脸上就乐开了花，他搓着手，终于鼓足勇气地说：锦春，你和黎京生都结束了，俺这么多年也没遇到合适的，老家倒是也有人介绍过，可俺这心里就是放不下你。

说到这儿，苏启祥更是面红耳赤了。

锦春在这之前，已经从苏启祥热烈的目光中看透了他的心思，但对锦春来说，这是不可能的。尽管黎京生和锦秀结婚了，但黎京生仍像座山一样占据着她的内心。

锦春慢慢摇摇头：对不起，苏参谋，我现在不想考虑个人的事，谢谢你的好意。

苏启祥有些失望，但同时也看到了希望，他像说给锦春，又像是说给自己：守备区离这儿不远，以后我会经常来看你。要是有一天，咱们能走到一起，你就可以名正言顺地调到市里去工作，市里的环境比小镇可强多了。

锦春微笑着看着面前的苏启祥说：苏参谋，谢谢你跟我说了这么多，我现在的确不想考虑自己的事情。

苏启祥就又搓开了自己的手。

和苏启祥告别后，锦春的心一下子就落寞了许多。她一个人在街上走了很久，后来，就靠在电线杆上，借着暗淡的路灯，出神地望着手里的黎京生的照片。黎京生穿着军装，目光炯炯地看着她。很快，泪水就模糊了她的眼睛。

那天晚上，她躺在床上，又一次失眠了。但也就在这难挨的长夜里，她慢慢为自己梳理出一条新的思路——准备报考地区的中医学院。

二十世纪八十年代，除了正规大学外，电大和业余大学等自考大学如雨后春笋般普及。那是一个求知旺盛的年代。

很快，徐锦春便报考了地区中医学院，参加了成人高考。除需要自学之外，还要不定期地到地区中医学院接受面对面辅导。

那些日子，只要一下班，她就拼命看书，把整个的心思都沉浸在成人高考的热潮之中。

徐锦秀的幸福生活

徐锦秀和黎京生在平淡中结合了，结婚后的锦秀感受到了前所未有的幸福和踏实。当同学们还在为分配奔波、为爱情折磨时，锦秀已经有了自己的家。

周末，几个留在北京的同学约好了参观锦秀的新房。那个和锦秀同宿舍的女生李梅一脸羡慕地说：当年锦秀一有空就去找黎京生，我们都说你是在谈恋爱，你还不承认。

锦秀听了，有些不自然，红着脸解释着：我说的都是实话，真没有骗你们。

李梅笑嘻嘻道：就算不是恋爱，也是序曲吧。

黎京生正忙着招待同学，听了李梅的话，情绪一下子低落下来，他这时不能不想到远在小镇的锦春。现在的他是和锦秀结婚了，锦秀也无时无刻地近距离出现在他的眼前，但他经常会出现一种幻觉，觉得眼前晃动的不是锦秀，而是锦春。

一天晚上，他下班回来，自行车后面驮着单位发的劳保，他随口冲屋里喊了一声：锦春，过来帮一下。

他喊的是锦春，出来的却是锦秀，当时的锦秀并没有说什么。晚上，两个人躺在床上，黎京生手里翻着一本书，锦秀就靠过来，伏在他胸前说：你今天回来时喊我什么来着？

黎京生一脸的错愕：不就是喊你，让你帮忙嘛。

锦秀有些苦涩地笑一笑：我知道，你到现在还没有忘记锦春，就连说梦话都是在喊锦春。

黎京生这才醒悟，忙放下手里的书，认真地看着锦秀：真的？

锦秀无奈地拍拍他的脸，转过身去。

黎京生一脸愧疚地扳过锦秀：对不起，也许我真的口误了。下次我一定注意。

锦秀把自己的脸深埋在他的怀里，摇摇头，叹口气说：我不怪你，你和我姐是初恋，初恋永远是美好的、难忘的，我懂。可你现在娶的是我，我们才是一家人啊。

黎京生伸出手，把锦秀抱住了：我知道，我以后会好好待你的。

就在他们结婚后，杨阿姨曾专门和黎京生有过一次对话。

母亲忧心忡忡地看着黎京生，终于说道：孩子，妈问你几句话，你要说实话。

黎京生是个孝顺的孩子，听母亲这么说，就认真地点点头：妈，你说吧。

孩子，告诉妈，在你心里，锦春和锦秀哪一个更重要？

黎京生一时有些支吾，不知如何回答，最后才肯定地说：锦春调不过来，我不能耽误她。

母亲就叹口气说：你这么说，妈心里就明白了。

半晌，母亲又说：京生啊，锦秀这孩子也不错，知书达理。她进了这个家，替你分担了许多，既然你娶了人家，就要对得起人家，过得跟一家人一样。

黎京生就深深地埋下了头：妈，我知道。锦秀也是个好姑娘。

母亲点点头，担忧的神色渐渐地平息了。

黎京生也说不清楚，是从何时喜欢上锦秀的。以前，他和锦秀来往是因为她是锦春的妹妹，爱屋及乌，尽管锦秀是大学生，青春、活力，但在他的心里，锦春却是不可替代的。但自从锦春明确地向他提出分手后，他心里还是放不下她。晚上，总要躲在自己的房间里，拿出锦春的照片呆呆地看着，眼前的锦春就鲜活了起来，冲着他微笑。自从和锦秀结婚后，他就不再去看锦春的照片了，他把照片小心地包好，放到衣柜的最底层，像要埋掉一段鲜活的记忆。他时时刻刻都在提醒着自己，现实就是现实，他的现实就是，他正和锦秀生活在一起。

新婚的日子里，徐锦秀是很顾家的。每天早晨第一个起来，先照顾杨阿姨洗脸梳头，然后就一边做饭，一边收拾着屋子。下班铃声一响，也是第一个从办公室里冲出来。买了菜，风风火火地赶到家里，第一件事就是把憋闷了一天的杨阿姨背到屋外，透透气。然后，就是换洗杨阿姨的床单，忙完这些，她才长吁一口气，一边陪杨阿姨聊天，一边择菜。

杨阿姨好奇地问：秀啊，你们研究所一天到晚都研究什么呀？

她就笑笑说：都是跟化学有关的项目，说了您也不懂。

杨阿姨也笑一笑，不再问化学，又说起了生活。她在屋子里闷了一天，见到人就有了说话的欲望，她说：秀啊，你摊上我这个婆婆，是不是觉得太累了？

锦秀一边利落地择着手里的菜，一边说：没有啊。谁还没有老的时候，照顾您也是生活的一部分。

杨阿姨听了，心里就好受了许多，脸上的表情很是幸福。过了一会儿，她感叹地说：哎呀，我是命好，京生的命也好，遇到了你和锦春。

说到锦春的时候，杨阿姨才意识到失口了，忙偷看了一眼身边的锦秀。不知是锦秀没往心里去，还是根本就没有听清，端起盆里择好的菜，转身去厨房做饭去了。

蜜月期是永远新鲜而幸福的。

锦秀的化工研究所忽然就有了变化，单位要派两个技术人员出国留学两年。在二十世纪八十年代，出国留学的热潮一浪高过一浪，有公派的，也有自费的，出国留学几乎就是时尚的代表。国门刚刚打开之时，所有的人都感觉新鲜，谁都想走出去，到国外看上一眼，看看人家先进、文明的程度。

那天晚上，锦秀躺在床上，按捺不住激动地说了单位公派出国的事。

黎京生问：出国的事定下来了？

锦秀摇摇头：还没呢。好多人都为出国的事在争取，有的还找了领导呢。

黎京生显然也有些激动了：你就没去找一找，这对你来说可是个好机会。

所长说了，要在最近两年的大学毕业生里选派，年龄大的就算了。说到这儿，锦秀停顿了一下，又说：不过，我估计我还有希望，所长还提醒我写申请呢。

那你就努力争取一下。黎京生鼓动着锦秀。

不，我不争取。咱家现在这个样子，我怎么走得开。

没事，这么多年我一个人都挺过来了。你要走，我就请个保姆，咱俩都有工作，经济上没问题。

锦秀仍摇摇头说：就是你同意，我姐也不会同意的。

锦秀在跟黎京生说这件事之前，已经写信告诉了锦春。果然，锦春在回信里严厉地批评了锦秀，并警告她，不能把黎京生一个人扔下，她要这么做就是没良心，她将不会认她这个妹妹。

锦秀看完锦春的信后，也让黎京生看了。黎京生看后，许久没有说话。锦春在向他提出分手后，他们就再没有联系过，他只是通过锦秀那里了解到锦春的一些消息。他知道锦春正在学习中医，目前还是单身一人。每次听到锦春的消息，他的心都会动一动，表面上却是水波不兴的样子。

最后，黎京生坚定地冲锦秀做了表态：出不出去，你自己决定。家里的事，我能行。

锦秀沉默了片刻说：今天我已经跟所长表态了，这批我就不去了，等以后有机会再说吧。

黎京生就叹了口气。锦秀虽然嘴上这么说了，人却显得闷闷不乐。

黎京生看着锦秀轻声说：你要是嫁给一个无牵无挂的人就好了。

锦秀没说话，转过身去。很快，又把头扭过来说：告诉你啊，这种时候我可不想要孩子，事够多的了，我可不想再添乱了。

黎京生满口答应道：好，听你的。

徐锦香

徐锦香四年的军校生活中没有回一次家。每次放假时，她总是要简短地给家里写上一封信，内容言简意赅。她的信是这么写的：

妈妈：

今年寒假我和同学去部队搞调查，就不回家了。我一切都好，勿念。

祝你们一切顺利。

平时，锦香也很少有信来，即便来，也是三言两语。每次来信也从不提姐姐锦春，就是收信人写的也是母亲史兰芝的名字，仿佛锦春这个人根本就不存在。

锦春每次看到锦香的信，心里都会沉甸甸的。当她把锦香的来信递到母亲手里时，母亲总是满怀希望地冲着太阳，举起手里的信，然后说：这丫头，又这么两句话。但母亲还是激动地把信拆了，看了一遍又一遍。

每当这时，锦春就小心地用目光去瞟母亲，心也随之颤颤悠悠的。家里和锦香这种尴尬的局面，锦春明白这都是因为她。如果当初她不偷改锦香的志愿，也许锦香就不会记恨她，也不会记恨这个家。锦香越是这样，锦春的心里越是发虚，总是觉得自己做错了什么。

母亲看了信，表面上做出一副轻松的样子，看完后，随手把信放在桌子上，嘴里叨咕着：这死丫头，真是没良心，她的心咋就这么硬，真是忘记这个家了。

母亲这么说时，眼里就蓄满了泪。

锦春见母亲哭了，心里越发不是个滋味。她把信拿过来，看了一遍，又看了一遍，然后悄无声息地把信放下，冲母亲说：妈，你别难过，锦香恨的是我，都是我不好。

母亲这时清醒过来，抹了一把脸上的泪，哽咽着：春啊，这事不怪你。锦香的良心让狗吃了。你对这个家已经是尽心尽力了，妈心里比谁都清楚。现在，她们翅膀都硬了，忘了这个家了。没事，离开她们，咱娘儿俩照样过日子。

这个春节过得很冷清。不仅锦香不回来，锦秀也来信说不回来了。她刚结婚不久，有一大家子需要照料，扔下那个家，回来显然不好。家里就只剩下母亲和锦春了。

晚上吃饺子时，桌子上还是摆了五副碗筷。从父亲走后，逢年过节的桌上仍会摆上他的一副碗筷。这时，母亲就会念叨上两句：老头子，今天过节了，该吃个团圆饭了。她这么喊过了，一家人才开始动筷子，几乎成了一种仪式。

今天，母亲面对着桌上一溜儿的空碗，有些发呆，眼圈很快就红了，但她还是开始了念叨：老头子，秀啊、香啊，过年了，咱们一家吃个团圆饭吧。

说到这儿，母亲终于忍不住，趴在桌上，放声大哭了起来。

看到这儿，硬撑着的锦春也放下了筷子。

哭了一会儿的母亲终于平静了下来，她揉着眼睛说：春啊，你该找个人家了。咱家现在缺的就是人气，家里要是没了男人，就少了烟火。

锦春不知说什么好，含泪喊了一声，妈……

春节一过，一切又都恢复了常态。

母亲史兰芝退休后，就经常跑到邻居家里串门，聊天的话题也都是些家长里短。聊着聊着，就说到了三个孩子身上——锦秀嫁到北京，没啥可操心的了，锦香还小，最让当妈的着急上火的就是老大锦春了。眼见着她那些同学都结婚生子了，锦春还是一个人，没着没落的。史兰芝和邻居们聊天的结果是，锦春真的老大不小了，该给她张罗对象了。于是，大家齐心协力，很快就有了眉目。

周日的一天，邻居李阿姨敲开了史兰芝家的大门，她的身后还跟着一个模样腼腆的小伙子。史兰芝和李阿姨心照不宣地打着招呼，然后就把小伙子隆重地做了介绍。唱主角的自然是李阿姨：锦春哪，这是小张，技校毕业，是咱们镇铸造厂的技术员。小张这小伙子可仁义了，你看人长得多周正，浓眉大眼的，人，咱也知根知底的，是个老实孩子。

锦春就上上下下地把小张打量了，腼腆的小张就更不好意思了，头低下，脸也红了。

锦春看过了，就冲李阿姨热情地说：阿姨你坐，和我妈好好聊聊。今天我还有课，我得上课去了。

说完，拿过书包，匆匆地走了。

小张终于在锦春离开后，抬起了头。

李阿姨仍不死心，一遍遍地向史兰芝热情地介绍着小张。

史兰芝仔细地看了小张后，满脸笑容地说：谢谢老姐姐了。等锦春回来，我问问，明天就给你回话。

那天晚上，锦春很晚才回来。她的确是去辅导站上课了。锦春一走进屋子，史兰芝就迫不及待地追过来问：春啊，咋样啊？

锦春明知故问：什么咋样？

史兰芝笑眯眯地说：那小伙子呀，我看挺好，人也本分。

锦春打断母亲的话说：妈，我的事你别管。

母亲的热情受到了打击，竟像个小姑娘似的嘤嘤哭了起来，一边哭，一边絮叨着：春啊，秀都结婚了，香也快从军校毕业了，你是咱家老大，你就忍心让妈替你操心一辈子？

锦春走到母亲身边，揽住母亲的肩膀：妈，我都没急，你急什么？香现在不是还没毕业嘛，等她毕业，工作稳定了，我再考虑个人的事。

母亲马上停止了哭泣，一脸希望地看着锦春：孩子，你可别骗妈啊。

锦春冲母亲点了点头，进了自己的房间。

随手翻开《中医学》，里面的照片掉了出来，她弯腰拾起，黎京生正一脸灿烂地冲她微笑着。看到这张照片，人又开始心猿意马起来。她有些伤感，又有些落寞，然后冲着黎京生的照片喃喃自语起来：京生，你还好吗？

这么说时，泪水就涌了出来。

史兰芝这几天心血来潮，嚷嚷着要去军医大学看看锦香。

锦春就劝她：妈，你别去。锦香上的是部队的大学，有纪律。你现在去也许不方便。

史兰芝的犟劲儿就上来了，她拍着腿说：有纪律咋的，我是她妈，还不让当妈的去看看孩子。谁让她不回家的，她不回来，我就去！

史兰芝说去就去，一副势不可当的样子。锦春拗不过她，只好买了火车票，把她送上了火车。

史兰芝在换了两趟火车后，终于找到了锦香读书的军医大学。不巧的是，锦香下部队实习去了，要两个月之后才能回来。史兰芝扑了个空，她只能让人领着在学校里参观了一圈，最后，她提出要去女儿的宿舍看看。

史兰芝在见到女儿的床铺后，就像见到亲人似的，这里摸摸，那里看看。锦香的被子叠得见棱见角，豆腐块一般，史兰芝抓住被子，一下下地抚摸着，仿佛轻抚着女儿的肩头。

从军医大学回来后，母亲史兰芝一下子就老了。她嘴里不停地念叨着：死丫头，她咋就不想妈呢？小时候，妈最疼的就是你了，你这个没良心的丫头。

史兰芝像变了个人似的，她想女儿想着魔了。她让锦春写信，让锦香无论如何回来一趟。

锦春每次提笔给锦香写信，心里都复杂得很。当初，她一意孤行替锦香做主报考了军医大学，使她的梦想在锦香的身上得到了延伸，然而，她却忽视了锦香的感受。最终，锦香第一个学期没有回来，第二个学期也没有回来，锦春坐不住了。她曾去军医大学看过一次锦香，那时锦香正读大二的第一学期。锦春拿着锦香的信辗转着找到了军医大学，门口站着两个哨兵，进进出出的都是穿着军装的学员或是干部。锦春一看到绿色的军装，心里就一阵莫名的激动，她想到了黎京生，甚至还想到了父亲。

门口的哨兵自然拦住了徐锦春的去路，然后打电话给学员队，锦香很快就接了电话，她冲电话里的锦香说：香，我是大姐，来看看你。

锦香在电话里沉吟了一会儿，就把电话放下了。锦春就立在门口等，一直等了好久，太阳都慢慢地西斜了，就连门口的哨兵也换了一班岗。她把包提起来，放下了，又抱在胸前，里面装着给锦香带的东西。这是她和母亲花了三天时间，精心为锦香准备的，都是锦香在家最爱吃的。

终于，徐锦香出来了，穿着学员的军装，亭亭玉立地出现在她的面前。锦春终于看到了久违的小妹。她激动地迎了上去，欣喜地冲锦香挥着手：香，香，我在这儿。

锦香不慌不忙地走到她面前，样子平静，也很冷淡，她不去看大姐锦春，而是看着远处说：你怎么来了？

香，你都一年没回家了，妈放心不下你，让我来看看你。

锦香面无表情地直视前方：我这不挺好的嘛。

锦春不好说什么，一脸羡慕地伸手去摸锦香身上的军装，锦香却一闪身，躲开了，她冲锦春说了句：跟我进来吧。

锦春把包抱在怀里，亦步亦趋地跟在锦香的身后。她看着眼前所有的一切都感到那么新鲜，高大的教学楼和图书馆更是让她惊呼起来：这么大的楼，得装多少人啊？

锦香不说话，迈着军人的步伐在前面走着，锦春只能一溜小跑地跟在后面。

锦香把锦春带到招待所，登了记，把锦春带到了房间。锦春看着锦香身上的军装，仍忍不住小心地伸出手，这里捏捏，那里碰碰。

锦香说：你就住在这屋，我还要去上自习呢。

说完，就要走。锦春这才想起什么似的，把提包打开，一样样把包里的东西拿出来：香，这都是你最爱吃的，这是我和妈亲手为你做的。

锦香看都没看一眼：这些我用不着，学校有食堂，你自己留着吧。

说完，锦香扭身走了出去。

锦春望着锦香的背影，欲言又止。她和锦香已经一年多没见了，她似乎有许多的话要说，可千头万绪不知如何说起，锦香却已经走掉了。锦香说是要去上自习，学习上的事是大事，马虎不得，锦春也没有多想。在剩下来的时间里，她站在窗前，新奇地看着外面的一切。

直到天色渐晚，锦香才又一次出现在她的面前，她从食堂打来了饭菜，推到锦春面前：吃饭吧。

锦春一边吃饭，一边问：你们平时吃的就是这些？这里的伙食真好，不愧是部队大学。

锦香从兜里掏出了一张火车票：这是明天上午的火车票，明天我还要上课，就不送你了。

锦春看到车票，怔了一下，她没想这么快就走的。她的本意是要在这里住上几天，好好陪陪锦香，她们已经一年多没见了，她还有许多话要对锦香说呢。看到车票，她就再也吃不下饭了，拿过车票，从兜里掏出钱递给锦香：借钱买的车票吧？快还给人家。

锦香没去接锦春递过来的钱，却说：学校门口有去火车站的公交车，你明天上午早点走，别误了火车。

锦春这时再也忍不住了：香啊，你是不是还没有原谅姐？姐当年逼你考军校是为你好，你看这里多好，比姐想的还要好呢。

锦香把自己靠在门上，冷静地望着锦春：事都过去了，还说它干吗？

锦春的样子有些激动，她盯着锦香说：姐真的是为了你好。咱爸死得早，姐就在你考学的问题上给你做了一回主。香，你真该回一趟家，别忘了，家里还有咱妈哪。

锦春说到这儿，已经是热泪盈眶了。

锦香猛地扭过头去，声音有些哽咽道：别说了。你知道吗？是你扼杀了我的初恋。

直到这时，锦春才知道锦香与一个要好的男同学约好了一同报考北京的一所大学。结果，由于锦春偷改了锦香的志愿，两个人从此天各一方。而男孩误以为锦香欺骗了他的感情，决绝地与锦香分了手。锦春无意之中扼杀了锦香的初恋，这是锦香无法释怀、也不能原谅锦春的原因。

那天晚上，锦春抱着枕头，在锦香离开后，伤心地哭了很久。

第二天一早，她提着包，一步三回头地离开了军医大学。当她看到一队队的学员，迈着整齐的步伐走向教学楼时，她羡慕得痴了一双眼睛。直到脚都站疼了，才恋恋不舍地走出学校的大门，向汽车站走去。

以后，锦春每次再给锦香提笔写信时，军医大学的场景就又一次闪现在她的眼前，仿佛自己又回到了那里。

这一次，她的信是这样写给锦香的：

锦香，妈很想你，她的身体越来越不好了。你都几年没有回家了，对不住你的人是姐，你可以不理姐，但妈没有得罪你，你看在妈的面子上也该回来一趟。妈现在做梦都在喊你的名字。姐当初让你考军校，那是姐的梦想，姐做梦都想穿上军装。那次去学校看你，姐真想穿上军装照个相，可是你太忙了，姐也不好意思张口。

香，你怎样对姐，姐都不怪你，可你不能这么对待咱妈。妈没有错，你是妈最小的女儿，她最疼的也是你。十八岁之前，你从来没离开过家，现在你大了，远走高飞了，飞出去就再也不回来了，妈能不想你、不惦记你吗？

上次妈去看你，正赶上你下部队实习，没能见上。妈上一次从你那儿回来就病了。妈现在真的老了，身子一天不如一天，她最大的心愿就是想见你一面。香，你回来一趟吧，姐给你赔不是了……

信寄走了，剩下的就是等待了。一天天过去，却仍不见锦香回来，母亲就站在门口，不停地向远处眺望。但她只看上一会儿就要流泪，年迈的母亲在长久的等待中患上了风泪眼。锦香是家里最小的孩子，父亲徐长江走的那一年，锦香还在读小学，母亲就把更多的爱倾注在锦香的身上。这么多年，母亲一直和锦香在一张床上睡觉，直到她离开家上了大学。

两个孩子都相继考上了大学，对于母亲来说是高兴的，孩子毕竟有出息了，但内心也是失落的，原本热闹的一家子只剩下了母女两个。孩子果然是眨眼间就大了，可手心手背都是肉，她想了这个，又惦记那个。

恋爱了几年的锦春又突生变故，没能与黎京生走到一起，却是妹妹锦秀取代了锦春，这令母亲的心里油煎火烧般地难受。也就是从那时起，母亲的雄心壮志不复存在了，本想着要让三个孩子个个优秀，出人头地，而眼下的几个孩子，就像飞到天上的三只风筝，把她的心都扯碎了。

母亲老得很快，先是花杂了头发，接着就不停地干咳，风烛残年的样子。甚至有了老年痴呆的前兆，经常丢三落四的，每天总要站在门口，迎风流泪地一遍遍喊着锦香的名字。锦春劝也劝不回来。

有时候，母亲还一惊一乍地喊着：春哪，秀和香回来了，快麻溜做饭，烧水。

刚开始锦春信以为真，急慌慌地跑出去，路上空荡荡的，哪里有两个妹妹的影子，她就去劝母亲：妈，回家吧，风大，你的眼睛受不了。

母亲不回来，仍迎风而立，风吹乱了她的一头花发。

晚上，母亲就缠着锦春给锦秀和锦香写信。母亲说：你给那两个丫头写信，告诉她们，妈想她们了，让她们看看妈吧，妈快不行了。

锦春看着母亲说话颠三倒四的样子，就含着眼泪给两个妹妹写了信。在这期间，锦秀曾风风火火地回来过一次，看到母亲的样子就哭了，一边哭一边抱怨道：妈，你这是怎么了？怎么老得这么快？

母亲不说话，拉着锦秀的手不停地笑。锦秀已经怀孕了，看样子也有三四个月了，她不想要孩子，但还是不小心怀上了，为此，还和黎京生吵了一架。最后，黎京生不得不答应陪她去医院做掉孩子，手术单都开出来了，锦秀又退却了，决定把孩子留下来。此时的锦秀在母亲面前，竟孩子似的哭了。

锦秀着急忙慌地在家里住了两天，匆匆地走了。北京的家里也离不开她，研究所的工作也等着她，她不能不走。

母亲看到锦秀要走，拉住女儿的手，哭闹着：秀啊，你别走，妈想你呀。你这一走，以后你就见不到妈了。

锦秀听了，只能以泪洗面，最终还是硬下心肠，头也不回地走了。

锦春把锦秀送到了火车站，锦秀哽咽着说：姐，妈病成这样，真是难为你了。我和锦香在外地，家里的事就靠你了。

说到这儿，她又想起什么似的说：你个人的事也别拖了，有合适的快些解决了吧。家里还能有人给你搭把手，咱家现在就缺个男人。

锦春很快就打断了锦秀的话头：姐的事你不用操心，等锦香稳定了，我再考虑个人的事。

说完，她还冲锦秀笑了笑：你还怕姐嫁不出去呀？放心，姐一定会给你找个好姐夫的。

锦秀含着泪和大姐锦春告别了。

家里的事情就又由锦春一个人承担了起来。

锦秀走后不久，母亲的身体急转直下，人突然间说不行就不行了。她躺在床上，似乎连站起来的力气也没有了。锦春只好叫来救护车，把母亲送到了医院。医院里里外外地给母亲做了检查，结果却是母亲得了癌，而且是晚期，连手术的机会都没有了。

锦春只好把母亲接回了家。

母亲冥冥之中似乎很心疼女儿，不想让自己的病连累儿女，从医院回来没几天，她就似乎不行了。清醒一些的母亲，拉住锦春的手说：春啊，妈知道自己不行了。妈就要去找你爸了，我和你爸分开太久了，他想我了，让我快去呢。春啊，你别哭，人早晚都会有这一天。妈要走了，放心不下你们姐仨儿，锦香都离家四年了，妈想她，也想秀，秀的孩子也该生了吧？

锦春抹一把眼泪，点点头：秀这几天就要生了，昨天她还来信就要住到医院了。

母亲惨然地笑了一下：这就是生老病死啊，有生的，就有死的。

她又一次拉着锦春的手说：给香发个电报，让她回来看我一眼，就一眼，妈也该闭眼了。

锦春就十万火急地给锦香发了一封电报，电报上写着：母病危，速归！

电报发出去了，接下来就剩下等待了。

母亲在弥留之际，不停地问着锦春：春啊，你到门口看看香回来没有。

锦春知道，这会儿的锦香不可能回来了，也许她刚刚收到电报，但她还是走出屋，向远处望一会儿，冲母亲说：香这会儿也许在火车上，快了，今回不来，明天也该到了。

母亲艰难地喘息着，断断续续地说：也许……妈挺不过今天了。

母亲在艰难中硬是挺了三天，却连锦香的影子也没有见到。母亲终于在最后的絮叨中，睁着眼睛死去了。母亲紧紧抓住锦春的手，慢慢地凉了下去。

锦春突然号啕大哭起来，她嘶声喊着：妈，妈呀，你再等等，锦香会回来的。

母亲再也等不及了，她走了，永远地走了。

母亲的后事是锦春一个人操办的。奇怪的是，锦春忽然就没有了眼泪，直到母亲安葬后的第三天，锦香才风尘仆仆地赶了回来。

锦香这么晚回来是有原因的。锦春把电报发到了军医大学，可此时的锦香已经离开学校，去北京的一家部队医院报到了。学校收到电报后，立刻将其转到了锦香的新单位。这一辗转，时间就耽搁了。

锦香回到家时，家里一个人都没有。邻居告诉她，锦春正守在母亲的坟上。锦香一路哭喊着见到了大姐锦春。锦春正在母亲的坟前一张张地烧着纸，锦香“扑通”一声，直挺挺地跪在那里，撕心裂肺地哭了起来。

锦春从地上站了起来，她一把抓起锦香。锦香叫了一声：姐，我来晚了。

锦春不听锦香的解释，狠狠地扇了她一个耳光，然后一字一顿地说：我这是替妈打你。你走吧，妈没有你这个女儿。

说完，又挥手扇了锦香一个耳光。

锦香忽然就不哭了，她忍住泪水说：姐，你打吧，你替妈多打我几下，但你要听我说完。你把电报发到了学校，可那时我已经去北京的单位报到了。

锦春仍不能原谅锦香，她用发抖的手指着锦香说：咱们不说电报的事，你上了四年大学，回过一次家吗？是我得罪了你，不该去改你的志愿，可妈没得罪你呀！这四年，你知道妈是怎么过来的吗？她想你都快想疯了，就是临死也没能闭上眼睛啊。

锦香泪如雨下，她跪在锦春面前说：姐，你打我吧，狠狠地打，这样我心里才好受一些。

锦春没有再去打锦香。锦香喊一声妈，又叫了一声姐，就扑在了锦春的怀里。

一切恩怨在这一瞬间结束了。

回到家里的锦香只能呆呆地面对着母亲的遗像，不停地流着眼泪。

那天晚上，锦春和锦香在四年之后又促膝坐在了一起。

锦春哀哀地说：香啊，几天前我们还是有妈的孩子，现在，我们已经没有妈了。

锦香轻轻地捂住了锦春的嘴：姐，别说了，都是我不好。

说着，又一次扑倒在锦春的怀里，抽抽咽咽地说：妈没了，可我还有姐呀！

锦春轻轻地抚着锦香的头发，忽然又想起什么似的问：这次你从北京回来，见到秀了吗？不知道她生了没有？妈的事我都没敢告诉她。

锦香这才擦干眼泪：我走之前去医院看过她，她已经进了产房。家里的事我跟黎京生说了，他说等锦秀生了孩子，他就过来。

锦春叹了一口气，望着天棚有些出神。

黎京生就要来了，她该如何面对他呢？锦春又陷入一种新的迷茫和困惑之中。

沧海桑田

虽然锦春知道黎京生要来，但黎京生的出现还是让她感到吃惊和无所适从。以前，她面对他时，他是自己的恋人；现在，他是自己的妹夫，是替锦秀来奔丧的。

黎京生出现在小院时，仍然像当年一样。他站在院子里，环顾着左右，小院依旧是那个小院，几年之后，似乎有些萧条和破败了。触景生情，他又一次想起了当年自己带着兵们在院子里热火朝天的样子，他的心猛地颤了一下，眼睛有些湿润。

他一出现在院子里，锦春就看到了。她想出去，可双腿竟迈不开步，她手扶着墙，努力地往前移动着。最后，还是锦香迎了出去，她叫了一声“姐夫”，接过了他手里的提包。锦香只比黎京生早回来一天，此时的眼睛仍红肿着。黎京生意识到了什么，忙跟着锦香走进屋，这时的锦春已经恢复了常态，她看着走进来的黎京生，一时有种要哭的感觉。

黎京生冲她喊了一声：锦春……然后就用目光去寻找，屋里除了他们三个人，再没有别人了，他哽着声音问：妈呢？

这时，锦春终于忍不住号啕大哭起来。

黎京生也落泪了，他垂着头说：妈，对不起，我来晚了。

他面对着痛哭的锦春，有一种上前安慰的冲动，可他试了几次，终觉不妥，便强忍悲痛说：锦秀回不来。她生了，是个男孩儿。

锦春听了，哭得越加伤心起来，她的痛哭既是为母亲，也是为自己，甚至也包括眼前的黎京生。总之，这种感情她是说不清楚的。

黎京生终于清醒过来，冲锦香说：小香，带我去妈的坟前看一眼吧，也算是我没白来一趟。

黎京生在史兰芝的坟前跪了下去，他颤着声音叫了一声：妈，京生来了。京生来晚了，锦秀刚刚给您生了个外孙，可您再也……

黎京生再也说不下去了。

不知什么时候，锦春也走了过来。她就站在黎京生的身后，锦香看了一眼锦春，没说什么，转身走了。锦香自然知道大姐和黎京生之间的过节，尽管她四年没有回过家，但她却保持着和锦秀的联系。锦秀和黎京生结婚后，锦秀也写信告诉过她。锦香没有对此事做更多的评论，只在信里简短地表示了祝福。

黎京生跪在史兰芝的坟前，一副山高水长的样子。他泣不成声地说着：妈，京生离您远，这么多年也没有孝敬过您，在这里，我代表锦秀向你赔不是了。

说完，冲着史兰芝的坟磕了三个头。

锦春终于在黎京生的身后说：起来吧，妈不会怪你们的。

黎京生抹了一把脸上的泪水，从地上站了起来。两个人四目相视时，都有些沉默。片刻之后，还是锦春反应了过来：回家吧。

说完，径直往前走去。

黎京生跟在后面，望着锦春的背影，想说什么，却欲言又止。两个人终于走到了曾经约会的山坡上，从这儿再往前走，就是通往哨所的路了。曾多少次，锦春送黎京生返回哨所时都是在这里分别。

锦春在一块石头上坐下了。以前，她总是站在这块石头上，眺望着远去的黎京生。

黎京生犹豫了一下，小心地在她身边坐下。锦春随手拢了一把头发，缓缓地说：锦秀还好吧？

她很好。你发的电报我一直没有告诉她，直到她生了孩子，我才告诉她。她催着我早点过来，好给你搭把手。黎京生有些惆怅地说。

她好，妈也就放心了。妈临走时，一直念叨着锦香和锦秀。她们过得再好，妈也是放心不下。锦春说到这里，喉咙就有些发堵了。

黎京生赶紧说：等锦秀满月了，就让她带着孩子回来住上一段时间，看看妈，也陪陪你。

锦春苦涩地笑了一下：我就不用她陪了，你们工作都忙呢。

黎京生无奈地望向远方，他一下就看到了那条通往边防站的路，他长吁了一口气，说：这次时间太紧了，要是不忙的话，我真想去边防站看看。

锦春的目光也一飘一飘地飞向远处。

你还好吧？黎京生在半晌之后，试探着问道。

我很好。锦春说话时还笑了笑，但看起来却像是哭。

锦香现在也分到了北京，以后她有什么事，我和锦秀会照应她的，你放心。黎京生说着话，目光仍向远处眺望着。

锦春一时无语。

你自己的事也该上心了。黎京生这才把目光收回来，虚虚实实地望着锦春。

我挺好，你不用担心。

家里现在就剩下你一个人了，以后要学会照顾自己。黎京生说到这儿，眼里又蓄满了泪水。

只要你们都生活得幸福，我就满足了。锦春说到这儿，停顿了一下，又说：锦秀年轻，有些事做得不好，你多担待些。

黎京生舔了舔嘴唇，闷闷地“嗯”了一声。

锦春又问：你什么时候走？

我想晚上就走。原以为妈还在医院里住着，我能给你搭把手，没想到，妈已经……

走吧，秀也需要你照顾，还有杨阿姨，家里也离不开你。

锦香也要走了。她刚到单位报到，一切还都没有理出个头绪，她也急着要赶回去。

两个人在傍晚时分离开了家。

分别时，锦春把锦香拉到一旁，盯着她的眼睛说：虽然妈走了，可这里还是你的家。想家了，就回来看一看。我知道，你还记恨着姐。

锦香含了泪，一把抱住了锦春：姐，以前我是恨你，但现在不恨了。我会回来的，姐，这个家就剩下你一个人了，有空你去北京，让我和秀陪陪你。

锦春点了点头：回去别跟你姐说妈的事，就说妈已经出院了。她正在坐月子，别让她着急上火。

锦春又转回身子，冲黎京生嘱咐着：你回去也别说实话，要不会影响她的奶水。

放心吧，我知道。

锦春就挥挥手说：你们走吧，我就不送了。

说完，头也不回地走进了屋里。

锦春躲在窗子的后面，一直看着两个人一点点地远去，直到消失在她视线的尽头。她再也忍不住了，弯下身，抱着自己，哀哀地哭了起来。

第二天一早，她睁开眼睛，看着空荡荡的房间，仿佛做了一场梦。昨天，她的身边还有人陪着，尽管伤心，却并没觉得孤单。此时的静寂，让她真切地感受到了清冷和不安。她的目光在房间里环顾着，最后，就定格在母亲的遗像上。她伸出手，把母亲的遗像抱在胸前，一遍遍地擦拭着相框，嘴里喃喃着：妈，他们都来了，又都走了。锦香也回来了，她晚回来了一步，你没能亲眼看上她一眼。但她总算认这个家了。妈，你放心吧，你不在了，这个家还有我呢。我不会扔下两个妹妹不管的，不论她们什么时候回来，这个家永远都在等着她们。妈，你这一走，就没有人陪我了，家里连个说话的人都没有了。不过你放心，我会挺过去的。

说着，有三两滴泪水落在了母亲的脸上。

锦春第一次感受到了孤单。她坐在那里，愣愣的有些出神。

守备区的苏启祥参谋仍隔三岔五地写信给锦春，她却很少回信。她不知道说什么，苏启祥却始终热情似火，每一封信都火辣辣的，她在这种火辣辣中一直沉默着。

徐锦香的爱情

徐锦香的爱情是在上军医大学的时候开始萌芽的，尽管她在读高中的时候对班里的一位男生有过好感，甚至也约定好报考同一所大学，但最后也不了了之。所以，严格地说，那一次并不能算是初恋，只是一种朦胧的好感罢了。

锦香是在上大三期间，下部队实习时认识的飞行员武飞。武飞是航空学校的学员，就在即将毕业的前夕，锦香见到了武飞。

学员武飞正在环形练习器上练习身体的平衡。环形练习器由一个巨大的铁环组成，有手扶和脚蹬的地方，人站上去，稍用些力气，环形练习器就像风车一样转起来，速度的快慢完全取决于个人的承受能力。

锦香和同学们刚放下行李，就来到了操场，她一眼就看见武飞在环形练习器上快速地旋转着。武飞旋转时速度极快，确切地说，一旁的人很难看清他的脸，只看见一个人在环形练习器上不停地翻飞着。锦香明白，旋转之后对一个人意味着什么，如果是普通人，别说是在环形练习器上翻飞了，就是在原地转上几个圈，也会头晕眼花，分不清东西南北。

锦香和同学们就看呆了，他们睁大眼睛，不停地发出一阵又一阵的惊呼。

终于，武飞从环形练习器上下来，面不改色、心不跳地走出了人群。就在走过锦香身边时，锦香下意识地扶了他一把，武飞怔了一下，不解其意地看着她。锦香紧张地问：你没事吧？

武飞笑一笑。锦香在那一瞬间看到了他白白的牙齿，白得有些耀眼，但她深深地记住了。

武飞很快地说：我能有什么事。

说完话的武飞走过人群，在一个双杠上拿起自己的衣服，潇洒地甩在肩上，吹着口哨，头也不回地走了。

锦香和同学们望着远去的武飞，很快议论了起来。其中一个女学员就说：飞行学员就是牛，听说培养一个飞行员国家要花掉和人那么多的黄金。

一个男学员打着哈哈说：那飞行员不都成了一堆金子了？

众人便一阵哄笑。

锦香没有说话，也没有笑，她的脑子里一片空白，眼前不停地闪现着武飞白晃晃的牙齿。

在航空学校实习的几天时间里，她一有空就到操场上走一走，希望能再次碰到武飞，再一次看到他一口亮白的牙齿。然而，她却再也没有邂逅过武飞。

两天后，军医大学的实习生们负责给航校的飞行学员做体检，锦香这一次不仅又见到了武飞，而且还知道了他的名字。

锦香负责量血压和测脉搏，武飞进来时，看了她一眼，很快地说：我见过你。说话时，一口贝齿闪动着。锦香顿时一阵脸热心慌，手里的操作也有些忙乱。

武飞大大方方地把袖子撸了起来，坐在锦香对面，把体检表推到了她的眼前。锦香只在体检表上瞄了一眼，就记住了武飞的名字。

很快，血压和脉搏就测完了，锦香低头在体检表上填写时，武飞就说：你们医大的女生就是漂亮。

锦香想不到他会这么说，抬起头，看了他一眼：是吗？

Yes！说完，他冲锦香竖起了大拇指，又笑一笑，走了出去。

从那以后，在傍晚的航校里，锦香经常可以看到武飞的身影了。武飞在篮球场上的身影显得异常活跃，他的位置是组织后卫，于是，满场都是他飞奔的身影。

每次打球，球场周围都聚满了围观的人们，既有航校的学员，也有来实习的医大学员，他们为胜者欢呼，也为失球者扼腕痛惜，加油声此起彼伏，热闹异常。

锦香站在球场一边，眼睛里却只有武飞一个人。她的目光随着武飞的身影前后奔跑着，不知疲倦。她为武飞断球鼓掌，也为他成功上篮喊破了嗓子，正当她为武飞欢呼时，武飞被人绊倒了，像一架落地的飞机一样，在球场上擦着地面，飞了出去。

人们下意识地发出一阵惊呼。

武飞在人们的搀扶下站了起来，他的膝盖和肘关节被擦伤了，血滴滴答答地流了下来。

锦香看到这儿，下意识地冲了过去，挤过人群，拉起武飞说：快去医务室。

武飞并没有把这点小伤看在眼里，他挥挥手说：没事。并冲裁判说：开球吧。

锦香不知从哪上来的一股冲劲儿：不行，你一定要去医务室，伤口要是感染了可不是件小事。

武飞还想说什么，这时候一个教官走了过来：武飞，你去处理伤口，这场球我来替你。

说完，脱掉外衣，冲进了球场。

武飞只好一步三回头地跟着锦香向医务室走去。

二人来到医务室，锦香开始给武飞清理创口。武飞倒吸着凉气，皱起了眉头：你们这些学医的就爱大惊小怪，这点小伤算什么！

锦香手里忙着，头也不抬地说：小伤是没什么，真要是感染了，那事情可就大了。

武飞想起了什么似的：我都见过你好几次了，还不知道你叫什么呢。

徐锦香。

武飞嘴里念叨着：徐锦香，锦香，这名字不错。

锦香看了他一眼：你的名字才好呢，武飞，听起来很男人，和职业也联系在了一起。

武飞就哈哈笑道：我这名字是我爸给起的，他是中国第一代飞行员，参加过抗美援朝。他做梦都想让我成为一名飞行员，就给我起了这个名字。

锦香听了，惊讶地说：原来你爸也是飞行员啊？

武飞就说：以前是，是从陆军转过来的。他现在年纪大了，就只能在地面工作了。

锦香给武飞处理好伤口，两个人就从医务室里走了出来。

武飞一边走，一边说：你们什么时候毕业啊？

明年。

哎呀，我们也是明年毕业，真是巧了。你毕业后有什么打算？

锦香停下了脚步：我们还能有什么打算？服从分配呗，在部队医院当一名军医。

当军医也不错呀！我妈就是军医，总是不让我吃这、不让我吃那的，总爱管制我。

锦香听了，哈哈大笑起来。

武飞一本正经地说：我跟你说的是真的，家里要是有个当医生的妈，她会把你当成玻璃孩子养起来，一天到晚都是细菌细菌的。

锦香也正色道：正是因为你妈这样管着你，所以你才这样健康。

武飞皱起了眉头：你这话怎么说得跟我妈说的一样，不说这些了，我得打球去了。

说完，大步流星地向球场方向跑去。

哎，你今天可不能洗澡啊！

锦香在他身后喊道。

武飞突然停了下来，转过身子：你真像我妈。哎，徐锦香，以后我可以给你写信吗？

锦香笑了，她没说行，也没说不行，就那么歪着头看着武飞。

武飞打了个响指，转过身说：就这么定了。然后，头也不回地跑了。

望着武飞的背影，锦香有些发怔，她还是第一次遇到如此自负的男生。

实习的日子是短暂的，徐锦香在航校又碰见过武飞几次，但他们没有单独说话的机会。武飞走在队列里，冲她挤了挤眼睛，她就掩着嘴笑。

就在离开航校、准备返校的时候，锦香一直希望能有机会与武飞告别。可她一直没有等到他，锦香只好随同学们上了火车。坐在车厢里，望着熙熙攘攘的站台，她的心里有些乱。火车启动前的铃声响了起来，就在这时，她突然看见了武飞。武飞穿着飞行装，气喘吁吁地跑过来，他大声地冲着车窗喊：徐锦香，你在哪儿？

我在这儿！锦香将手伸出窗外，上下挥舞着。

武飞冲过来。这时的火车已经启动了，武飞把一个纸团准确地扔进了车窗，又冲她笑道：这是我给你写的第一封信。

武飞说完，就被越来越快的火车远远地甩在了后面。

沉静下来的锦香这才展开手里的纸团，纸条上写了一行字：徐锦香，我要追你!!!

这是武飞向她发出的一份挑战。这句话像钉子一样钉在了她的心里，让她心惊肉跳的同时，又有一种幸福和迷乱击中了她。

这时，身边的女生小秋一下子把锦香手里的纸条抢了过去，并大声念了出来：徐锦香，我要追你。

锦香扑过去，一把将纸条夺回来，犹豫了一下，塞到了嘴里，生生地咽到了肚子里。

小秋等人就拍着手喊：徐锦香要谈恋爱了，她把情书吃到了肚子里。

同学们哄笑着，羞得锦香面红耳赤，无地自容。她把头埋在火车的茶几上，半天都没有抬起头来。

两个男生也试探着喊道：徐锦香，我要追你。

火车上的纸条事件，自然也带回了学校，很快就在学校里传开了。同学们开着锦香的玩笑，并不停地喊着武飞的名字。只要锦香回过头，马上就有人说：徐锦香，我要追你。

锦香就红着脸去追，校园里充满了笑声。

锦香回到学校的第三天，武飞的信就追了过来。班里的来信都放在走廊的一张桌子上，每天下课回来，不等走进各自宿舍，就能看到桌上的信件。锦香的信很少，当别人都沉浸在翻找信件的乐趣之中时，她远远地躲在了人群的后面，看着别人找寻着自己的快乐。

可自从离开航校后，她开始天天盼着自己有信来，看到别人一拥而上地翻拣着信件，她也是脸红心跳的。

眼尖的小秋一眼就看到了武飞的来信，她拈着信，从人群里挤出来：锦香，武飞的信。

众人被小秋的话吸引了过来，起哄地喊：武飞来信了，武飞要追徐锦香!

楼道里顿时一片哄笑声。

锦香从小秋手里抢过信，信封上醒目地写着武飞的名字。她奋力挤出人群，躲到一棵树下，颤抖着一双手，拆开了信封。

徐锦香你好：

你接到这封信时，我已经下部队实习了。再过半年，我们就要毕业分配了。在实习前能认识你，是我们的缘分。虽然，我们现在天各一方，但有一天，我们会在一起的。每当有飞机在你的头上飞过，那就是我对你的呼唤，请抬起头，看一眼我在你的头顶掠过的身影……

武飞的信写得诗情画意，锦香真的感动了，每当有飞机在天上飞过，她都会不由自主地抬起头，向天空凝望。有时，即便只闻其声，看不到飞机的身影，她也会将目光投向天际，长久地凝视。

小秋等同学看了，就打趣道：徐锦香啊，你的魂都飞到天上去了。

徐锦香是在大三实习的时候认识了武飞，在以后一年多的时间里，他们的信件雪片似的飞来飞去。

后来，武飞被分配到了北京军区空军的某师。这时候，他的又一封激昂的信飞到了锦香的手上。他一如既往地写道：

锦香你好：

我现在已经到了新的单位，成为了一名真正的战斗机飞行员，我感到无比的骄傲和自豪。不管你毕业分到哪里，我都会去找你……

这是一封信誓旦旦的信，也是武飞真实心意的流露。锦香这时下意识地就想到了大姐锦春和黎京生，正是黎京生回到了北京，才使二人无法走到一起。想到这儿，她心里顿时笼了一片阴影，隐隐地感到了不安。军医大学毕业分配很快就要开始了，她只能在焦灼的等待中过着每一天。

最终，她还是忍不住把自己的隐忧和担心告诉了武飞。武飞每次回信都是那么积极、向上，他大胆、乐观地说：锦香，不要为毕业分配而担心，你就是到了边疆，我也会申请调过去。总之，我不会离开你。我这一生一世都要在你的天空中飞翔，让你时时刻刻都能听到我的声音，看到我的身影……

锦香不论何时，只要接到武飞的信，心里顿时就一片艳阳，人也变得快乐起来。虽然，两个人在分别后，再也没有见过面，但频繁的通信，仍让他们的感情在一步步地走近。

锦香经常会冲着深远的天空愣愣地发呆，这时候，小秋就会悄悄地凑过去，拍拍她的肩：徐锦香，又想武飞了？

她不置可否地笑笑。

爱情让锦香变得更加鲜活了，思念和幻想如同天上飘浮的云朵，她做梦也想不到，毕业后竟分到了北京。二十世纪八十年代中期，部队医院扩建，为了解决医院资源短缺的问题，中央军委命令部队医院在保证为官兵服务的同时，也向地方开放。门诊量一下子大了起来，医护人员严重短缺，徐锦香这一批医大的毕业生，大部分被分到了条件比较好的大医院。

锦香刚到北京某部队医院报到，就辗转收到了大姐锦春发来的电报，她在匆忙赶回家后，却依然没有见上母亲最后一面，这成了她终身的遗憾。

她在回到医院后不久的一个星期天，正在宿舍里看书，就听到一阵急促的敲门声。她打开门的瞬间，武飞就咧着嘴挤了进来：徐锦香同志，我跟你说过，不管你到了哪里，我都会去找你。

一脸错愕的锦香赶紧把武飞让进了宿舍。同屋的小秋一早就跑出去了，两个人不仅分到同一个科室，还成了亲密的室友。

武飞打量着宿舍，嘴里说着：不错嘛！然后就问起了锦香母亲的病情。

一提到母亲，锦香的眼圈就红了。武飞意识到了什么，马上打住了话头：今天我到总部办事，顺便看看你回来没有。我得马上走了，过几天再来看你。

锦香想送送他，武飞几步就跑下了楼梯，空空的走廊里只留下他的声音：别出来了，过几天我再来。

孤独的徐锦春

母亲去了。亲人们来了，又走了。孤独的徐锦春就生出万般的伤感，下班回到家，饭也懒得做，也没有胃口，游神一样这屋里走走，那屋里看看。不知何时，她又拿出了黎京生的照片，穿着军装的黎京生长久地望着她，一双眼睛像在诉说着他们的爱情。锦春不堪回首地闭上了眼睛，泪水慢慢地从眼角里浸了出来。

她仔细地收起照片，拿出了锦秀的来信。这封信是白天收到的，她已经看过了，此时是在看第二遍了。锦秀的声音仿佛在耳边响了起来……

姐，这孩子生得真不是时候，母亲去世我都没能看上一眼。等我满月了，就带着孩子回去，让他也看一眼姥姥。妈当初给孩子起的名字挺好，叫念乡，我和京生都觉得好。姐，现在锦香分配到北京了，家里就只剩下你一个了。姐，你一定要坚持把中医学院的业大读下去，我和锦香就是因为上学才有了今天。我相信，总有一天，知识可以改变你的命运。姐，你要加油啊！

锦春读着锦秀的信，有一种力量从心底慢慢升了起来，她坐在书桌前，拧亮台灯，翻开了桌上的《中医理论》。

在每一学期的业大学习中，锦春都会去地区的中医学院两次，接受面授和考试。每一次都要在中医学院住上几天，这让她充分感受到了大学校园的生活。

一天傍晚，锦春从食堂向宿舍走去，一边走，一边想着要考试的内容。忽然，就听到有人在喊她的名字，她抬起头，竟意外地看到了站在树下的苏启祥。部队已经换装了，苏启祥穿着八五式军服，标准地立在树下，仿佛在等待着锦春的检阅。

惊怔的锦春停住脚，下意识地喊了一声：苏参谋，你怎么会在这儿？

苏启祥微笑着从树底下走出来，嗫嚅着：锦春，知道你到中医学院面授，我就特意过来看看你。

回过神来的锦春这才说：苏参谋，你还好吧？

苏启祥咧咧嘴说：还那样，你呢？

我挺好。

两个人一边说着，一边向一张长椅走去。锦春看着苏启祥说：在这里坐会儿吧。

校园里很静，中医学院的学生都放假了，只有业大的几十个学生在这里上课。整个校园就显得有些空落。

两个人一时都没有说话，校园里的路灯纷纷地亮了。半晌，苏启祥才小声地说：明天我就要休假，回山东老家了。

锦春点点头：你们当兵的一年到头就这一次假，该回去看看了。

苏启祥突然低下头去，掰着自己的手指吭吭哧哧地说：锦春，是这样，我娘在老家给我订了一门亲，这次回去就是要定亲的，为了我的事，我娘都快急坏了。

你年纪也不小了，也该结婚了，你看黎京生都……

话才说到一半，锦春就把后面的话咽了回去。

苏启祥自然也明白锦春下句话的意思：是啊，我听战友们说了，黎京生都有孩子了。

锦春低下头去，她的心情一时很复杂，说不出是什么滋味。

苏启祥不知从哪里冒出来的勇气，一下子抓住了锦春的手，他涨红着脸说：锦春，这么多年了，你是明白我的心思的。黎京生孩子都有了，你也该死心了。

锦春猛地站起身，苏启祥也站了起来，他仍然紧紧地抓住锦春的手。

明天你就该回家定亲了。锦春一脸的平静。

苏启祥口干舌燥地说：只要你答应我，我就不回去了。我今天来，就想等你一句话。

锦春轻轻地抽回了自己的手：苏参谋，我们不合适，真的！

苏启祥明显受到了强烈打击，但他仍不死心地追问道：为什么呀？

别问了，再见！

锦春抽身离去。

苏启祥追上去，站在了锦春面前，声音有些变调地说：锦春，你不把话说明白，我这心不会安的。

锦春只好硬下心肠说：苏参谋，对不起。我知道你是个好人，可我对你一直没有感觉。

说完，低下头匆匆离去。

苏启祥望着渐渐远去的锦春，蹲下身去，狠狠地打了自己两个耳光，自言自语着：苏启祥啊苏启祥，这回你走到黄河边了，该死心了吧。

过了一会儿，他猛地站起身，冲着静寂的校园喊道：苏启祥，死心了……

回到教室自习的锦春却怎么也静不下心来，眼前始终晃动着苏启祥和黎京生的影子。她摇摇头，想把两个人甩掉，但两个人仍顽强地冒了出来。她起身离开教室，来到洗手间，用凉水洗了一把脸，头脑才略微轻松了一些。

几天后，锦春回到了小镇，开始了正常的工作。邮电局的人大都是一些老职工，古道热肠、痴心不改地替锦春的婚姻大事操着心。

这天，和锦春同在分拣组的于阿姨见屋里只剩下她和锦春两个人，一脸热情地冲锦春说：锦春哪，个人的问题考虑得咋样了？

锦春搪塞道：于阿姨，我正考虑着呢。

原以为能像以前一样搪塞过去，却被于阿姨识破了：你可别想骗我，咱们一天到晚地都在一起，你谈没谈对象，还能瞒得了阿姨的眼睛？

锦春忙笑笑：阿姨，不忙呢，等我业大毕业了再考虑。

说着，还抖了抖手里的教材。

于阿姨把锦春手里的教材放到一边，不依不饶地说：锦春，你别糊弄阿姨。我跟你爸是一年进的邮电局，要是没有你妈，兴许我就跟你爸结婚了。你在我眼里啊，就跟自个儿亲生的差不多。我跟你说啊，这女人一过三十，男人连正眼都不瞧你，趁你现在还不到三十，你的事阿姨给你做主了。谁让你是没爹没妈的孩子，阿姨不管你，谁管？！

于阿姨显然动了感情。

于阿姨说到做到，在一个周末，她就把锦春叫到了自己的家里。

于阿姨已经包好了饺子，就等锦春了。

锦春在走进屋子的同时，就发现屋里坐了一个小伙子，正一边吸烟，一边喝着茶。见到她，忙热情地寒暄：徐锦春……

锦春望着眼前的小伙子，觉得有些面熟，却又想不起在哪里见过。

就在她恍怔时，小伙子兴奋地说：我是林建设呀，你初中同学。

锦春这才想起来，眼前的林建设的确是她的中学同学。在她的记忆里，林建设似乎就没有好好地上过一天课，除了打架就是旷课。他的父亲也是军人，在内蒙古的一个什么地方服役，家里只有母亲带着他。后来，初中毕业后，林建设和母亲随军去了内蒙古，以后就没了音信。

两个人正说着话，于阿姨走了进来：原来你们是老同学？那就不用我介绍了，你们聊，我给你们煮饺子去。

林建设大咧咧地说：这是我婶儿家，别客气，随便坐。

他招呼着锦春，又是倒水，又是拿水果的。

林建设你别忙了。你不是跟你爸随军走了吗？怎么又回来了？

嗐，别提了。去了内蒙古原以为那里的条件会比这儿好，到了那儿才知道，除了草原还是草原。我在那边上了一年高中就再也不想读了，就让我爸把我送到部队，当了三年兵。现在，我是复员回来的。我爸我妈还在内蒙古吃苦受累呢，估计得干到退休了。

这时候，于阿姨把两盘热气腾腾的饺子端到了桌子上：别光顾着说话了，趁热吃饺子。

于阿姨也坐了下来，她接过林建设的话茬说：锦春你不知道吧，建设回来就住在我这里。组织上分配的工作他也不去，非要搞什么建筑公司，公司叫什么来着？

林建设就笑着说：叫房地产公司。

于阿姨一拍大腿说：对，就是买地皮盖房子的公司。

林建设不好意思地挠挠头：这两年小镇发展得很快，许多政府机关和居民小区都需要重盖翻建。你家那一片已经列入拆迁计划了，估计明年就得动工。

锦春吃惊地看着林建设：那这些房子都是你盖的了？

林建设谦虚地说：我哪有那么大的本事，我只占其中的一小部分。

吃过饭，锦春想早点回去复习，就提出要走，林建设忙说：那我送你。

不麻烦了，从这回去也没多远。

于阿姨不失时机地说：锦春你别客气，建设有车，不坐白不坐。

锦春这才想起，进门时是看到门口停了一辆白色的桑塔纳轿车。

这么多年，锦春还是第一次坐小汽车，感到晕乎乎的，没几分钟就到家门口了。林建设摇下车窗，冲锦春说：老同学，咱们这就算联系上了，以后有什么困难尽管说，别客气。

说完，一踩油门，车子“呼”的一声跑远了。

和林建设的这次见面，对锦春来说就像一个插曲，过去也就过去了，她还得沿着自己的路走下去——每天固定的上班、下班，业余时间几乎都用在了业大的学习上。夜深人静的时候，她会发上一阵呆，这时就会不自觉地又想起了黎京生。黎京生的照片就放在抽屉里，想起他时，一种强烈的犯罪感就会压制着她不去看他的照片，可那张照片就像一针兴奋剂，时时蛊惑着她，不看上一眼，她就无法安心地学习。有几次，她试着离开书桌躲到外面，但回到桌前，还是忍不住打开了抽屉，黎京生又一次出现在她的眼前。照片已经被她精心镶在了相框里，她把它轻轻地摆在桌子上，看了一眼，又看了一眼，忽然，她挥手把相框打翻在地。玻璃碎了，黎京生静静地躺在那里，看着她。她小心地捧起照片，嘤嘤地哭了。

第二天下班回来时，她又将照片放进了新买的相框，仔仔细细地看过后，小心地放到了抽屉里。这时，她的心复又平静下来。黎京生像一粒种子已经落在她的心里，生根，发芽了。

后来，事情的变故缘于锦秀的归来。

在一个周末，锦秀抱着念乡突然出现在锦春的面前。在这之前，锦秀没有向锦春透露过一丝要回来的风声。

锦春惊怔之后，就上前抱住了锦秀：秀，你回来怎么不说一声？

锦秀看到空荡荡的家，眼圈就红了，她放下念乡，感叹道：我早就该回来了，唉，我回来得晚了。

锦秀这么说时，锦春也红了眼睛：妈走的时候，眼睛都没闭上，她是惦记你跟香啊。

锦秀的眼泪就大颗大颗地滚落下来。

念乡也许是认生，对新环境还不适应，也大声哭了起来。锦春把念乡抱在怀里，小心地哄着：秀，念乡长得不像你，像他。

锦秀拭去泪水，深深地看了锦春一眼，什么也没有说。锦秀急于到母亲的坟前去看看，锦春理解她的心情，抱着念乡和锦秀去了母亲的坟地。

锦秀一看见母亲的坟就再也忍不住了，她趴在坟前哀哀地痛哭着，锦春也禁不住泪如雨下。

锦秀在哭泣中和母亲说着心里话：妈呀，你把我们拉扯大，风风雨雨的，一天也没有享过我们的福。本想我们一个个都成家立业了，可以孝敬你安度晚年了，你却这么快就走了，你就舍得我们姐仨儿？妈，秀对不起你，你走了，我都没有送你最后一程……

后来，锦秀终于平静了下来，坐在母亲坟前絮絮叨叨地说着话，母亲仿佛正在静静地听。

晚上的时候，念乡睡在了锦秀和锦春的中间。锦春不知为什么对念乡有着一种复杂的情感，她太喜欢这个孩子了，就是念乡睡着了，她也忍不住一次次去亲他的小脸。

锦秀看在眼里，忍不住说：姐，你也老大不小了，你不能这样过了，既然这么喜欢孩子，就嫁人吧，用不了多久，就会有自己的孩子了。

锦秀的话犹如一盆冷水浇在她的头上，让她一下子从头凉到脚，她痴怔地望着锦秀。

锦秀叹了口气：姐，你看我孩子都生了，小香也工作了，咱姐仨儿就剩下你一个这么漂着了。

锦春听了，心里就疼了一下，她望着锦秀半晌才说：秀，姐的事不用你操心，姐知道怎么做。

锦秀深深地看了一眼锦春，才慢慢说：你是我姐，按理说好多事你比我明白。我知道你一直爱着京生，当初你让我和他结婚，我就意识到了，可京生只有一个，他毕竟和我成家了，况且，我现在也很爱他……

锦春听了锦秀的话，心里就翻江倒海起来，她说不清这种感受到底是一种什么滋味，她只能无助地喊一声：秀，你别、别再说了。

锦秀定定地望向锦春，最后还是忍不住说：姐，我还得说，你这样下去，我心里难受，好像我欠了你什么，我的压力很大。

锦春哽咽起来：秀，你们现在这样，姐高兴，真的！

锦秀接过锦春的话说：姐，可我现在有压力。如果是别人嫁给京生，你这个样子，我会骂你傻，天底下又不是只他一个男人，干吗这么痴情？可是，姐，你不用骗我，我知道你心里一直放不下黎京生。从小到大我就了解你，你吃亏就吃在一根筋上。姐，你别傻了，你要知道，只有看到你幸福了，我心里才会好受。你知道吗？你总是这个样子的话，我一天也不会心安。

锦春哭了，她摇着手说：别说了，秀，我心里什么都明白。

说完，她伸手关了灯。房间里一下子暗了下来，散碎的月影悄然漫过她们的身体，无声无息。

那一晚，锦春失眠了。她呆呆地望着黑暗，想到了黎京生，想到了锦秀和念乡，也想到了自己。如果不是锦秀把话说破，她自己始终糊涂着，虽说那就是一层薄薄的纸，自己却一直没有勇气和力量捅破。现在，她越过了这一层纸，人一下子就站在了光天化日之下，看清了别人，也看清了自己。

当初，锦秀和黎京生结婚时，她的一颗心早已经死了，她知道，在这个世界上她不会再爱上另外一个男人了。这是她给自己的故事设计好的一个结尾。

几乎一夜未眠的锦春，前前后后地把事情都想了个遍，她的心在暗夜里疼了一次，又疼了一次。

锦秀来了，又走了，她来得匆忙，走得也匆忙。锦春知道，锦秀放心不下北京的家，那里有黎京生，还有躺在床上的婆婆。那个家离不开锦秀。

锦春含着眼泪和锦秀挥手告别了。望着远去的火车，心里的那份牵挂又被一点点地拉长了，拉远了。她忽然意识到，自己每一次的情感变故都和火车有关，黎京生就是坐着这趟车走的，接下来是秀，还有小香。隆隆的火车声覆盖了锦春那颗被揉碎了的心。

锦秀一走，锦春又恢复到了生活的常态，再有一个学期，完成三门学业的考试，锦春就该毕业了。到那时，她就是一名中医学院的专科毕业生了。

这天下班后，锦春刚走出邮电局门口，一辆小汽车就停在她的眼前。车窗被摇下来，露出了林建设的脸，他笑嘻嘻地说：锦春，上车吧。

锦春礼貌地客气着：不用了，谢谢。

林建设大咧咧地说：我也是路过这里，正好送你回家，就是一脚油门的事。

锦春不好推拒，就上了林建设的车。

林建设一边开车，一边说：老同学，你的脾气也该改改了，现在都什么年月了，社会发展这么快，你还是上班去单位，下班往家奔。你再这样下去，可就落伍了。

锦春没有说话，只是笑笑。林建设透过后视镜观察着锦春的表情，过了一会儿，又说：锦春，今晚有几个朋友约好去喜盈门跳舞，我带你过去看看。

锦春的脸都有些红了：那种地方我可不去，再说，我也不会跳舞。

谁生下来也不会，你不去又怎么会？就是换一种生活方式，轻松轻松，现在人家深圳一天能盖一层楼，这是什么速度？你再这样下去，真的是落伍了。

车很快驶到了锦春住的院子，林建设停下车，歪过头问：晚上去不去？要不我一会儿来接你。

锦春勉强地笑一笑：下次吧，今天我有点不舒服。

林建设不好说什么了，下了车，替锦春拉开车门。他望着她走进院子，叹了口气，又摇摇头，一溜烟地把车开走了。

回到家的锦春坐到了书桌前，她的面前摆着教材和笔记本，可她一个字也看不下去，耳畔又回响起锦秀的话：姐，你这样，我有压力啊……

她猛地趴到桌子上，肩膀一抖一抖地哭了起来。此时的她真有些无奈和迷茫了。

挣扎中的徐锦秀

休完产假的锦秀又遇到了麻烦，其实，这在她休产假的时候已经想过无数遍了，那就是孩子的问题。黎京生的母亲仍在床上躺着，每天照顾婆婆就够锦秀受的了，此时，又多了一个孩子。

早在要孩子的问题上，她就和黎京生发生过矛盾，研究所现在竞争很激烈，锦秀刚分到研究所时，所里的研究生、博士生还不多，短短的几年时间，研究生、博士就一大堆了。和锦秀一同进研究所的本科生有的在职读研，有的被派到国外留学，都拿了镀金的文凭回来了。因为有了文凭，人家就被评上了副研究员、研究员什么的，也就是说，这些人都有了高级职称。只有锦秀还是本科文凭，职称也就不好评，至今还是个初级职称。在研究课题上，她只能当别人的助手。这就是现实。

锦秀刚到研究所不久，就遇到了留学的机会，所长当时很器重她，准备把其中的一个留学名额给她。可当时家里的情况只能让她放弃了这样的机会，后来，又有许多人报考了在职研究生，她也报了名，结果却发现自己怀孕了。她的第一反应就是做掉肚子里的孩子，却遭到了婆婆的坚决反对。为此，婆婆还跟她谈了一次话。

婆婆在得知她怀孕的消息时，高兴的样子无法描述，她把锦秀叫到身边，一双发亮的眼睛定格在锦秀的肚子上。她说：秀啊，这回我可有盼头了，我就是想看一眼孙子，要不，我死都闭不上眼睛啊。

锦秀就皱起了眉头：妈，我现在这个样子要孩子真的不合适，别人都在捞文凭，评职称，我这一生孩子，可就被人落下了。

秀啊，听妈的话，文凭、职称啥时候都能要，孩子可不是想要就能要的。女人生孩子天经地义，没怀上就不说了，既然怀上了，再把他打掉，这是作孽啊！

婆婆说着就掉下了眼泪。锦秀在婆婆面前不好说什么，就去做黎京生的工作，没想到在这一点上，黎京生和婆婆站到了一边。

黎京生劝她：如果不是为了妈，你早生晚生我都没意见，老人就这点心思，她想早点看到孩子，这辈子也就圆满了。

锦秀就急了：你为你妈着想，你就不为我想想。

上学的事等生完孩子也不迟呀！黎京生苦口婆心地劝解着。

家里三口人，两个人都站在反对的立场上，锦秀就有些势单力孤，她只能和黎京生怄气。黎京生最终拗不过她，陪她去了医院，结果临上手术台时她又改了主意。

尽管孩子是生了，但锦秀并不情愿，生完孩子的她只能狠下心，把孩子送了全托幼儿园。每天依然是上班下班，伺候生病的婆婆，和生孩子之前没有什么两样，只有到周末时，她才把孩子接回家。周末对于别人来说是放松，是调整，对她来说就是忙不完的活儿，连看一眼书的时间都没有。

眼见着同时分到研究所的同学一个个成了单位的栋梁，而自己只能当别人的助手，想起这些，她就异常的失落和烦躁，导致对黎京生的态度就有些不好。

这天晚上，黎京生终于说了：锦秀，你变了。

锦秀奇怪地看了一眼黎京生：不是我变了，是生活变了。你要是换成我，你变得比我还要彻底。

黎京生呆呆地看着她，许久，重重地叹了一口气。事实上，黎京生所在的仪表厂也面临着改革。仪表厂在计划经济时代是衣食无忧的，但社会发生了变化，计划经济变成了市场经济，仪表厂就要在市场中寻找新的出路。在出路还没有找到时，难免会遇到各种各样的阵痛。仪表厂已经开了几次会了，中心议题就是改革，改革的重中之重就是调整人员的结构。第一批下岗人员名单已经出来了，黎京生所在的机关工会，暂时还没有列入裁人的计划，但车间裁员后，下一步就轮到机关了。黎京生知道，工会在机关里属于可有可无的部门，机关里的人也都没有什么技术，是个人都能在机关干。说白了，他们是一批闲人。

面临严峻形势的黎京生心情也不好，但他在心里忍着，碰到同样心情不佳的锦秀，两个人就话不投机，日子就生出了许多烦恼。恋爱的美好早已失去踪迹，剩下的就是柴米油盐的琐事。

两个人就怄气，怄气的结果是两人谁也不理谁，甚至在床上睡觉也是背对着背。生活一下子变得严峻了。

锦秀在这种严峻的生活中，又读了在职研究生，每周都会上三次课。锦秀上课时，就不能按时回家，家里的事就扔给了黎京生一个人。仪表厂在改革的过程中，经常召开这样那样的会议，每一次的会都开得很长，没完没了。开完会有时都晚上七八点了，黎京生匆忙赶回家，家里却是凉锅冷灶，显然，锦秀还没有回来。

黎京生赶紧过去照顾躺了一天的母亲，母亲就一声又一声地叹息：孩子啊，都是妈连累了你们。你们都忙，我又帮不上忙，还不如让我死了。死了，就一了百了了。

一天，黎京生回来，就看见母亲从床上摔了下来。母亲不知从床上摔下多久了，身上冰凉，黎京生赶紧把母亲抱到了床上。

母亲硬撑着笑了一下：没事，我想试着下床，看能不能帮你们做点什么。

黎京生看着母亲的样子，疼在心里，眼泪止不住地流了下来。

锦秀回来时都快十点了，黎京生已经躺在了床上。锦秀却不能休息，她还要看书，把课上的笔记再整理一下，明天就是周末了，孩子一回来她就更腾不出时间了。

黎京生看着她，没好气地说了一句：你能不能早点睡呀？

锦秀头也不抬地说：我睡，你帮我学呀？

黎京生猛地从床上坐了起来，望着锦秀，半晌，才硬生生地说：你能不能不这么忙？这个家现在都成什么样了，妈今天都从床上摔下来了。

锦秀这才抬起头，一股脑儿地说出了积压在心里已久的话：黎京生，自从我嫁给你，就没有为自己活过。你知道我在研究所的日子是怎么过的吗？给别人当助手，职称上不去，工资也涨不了。当助手的日子就那么好过？看别人的脸色不说，还被人支得团团转，我不是刚刚走出校门的学生。如果再不拿下文凭，我下一步都得上吊了，你知道吗？

听了锦秀的话，黎京生又想到了自己，今天开完会后，仪表厂的副厂长专门找他谈话，意思是给他透个风，对这一次的机关调整要有充分的思想准备。副厂长说：小黎呀，你是部队转业干部，思想觉悟高，这次机关裁员你要做好准备啊。

黎京生就喊了一声：厂长……

小黎呀，你还年轻，有魄力，如果有机会还是应该到社会上闯一闯。

黎京生终于听明白了，看来这次机关裁人可能少不了他。想想自己从部队转业后进入仪表厂，就从没想过要离开这里，这毕竟是父亲生前工作的地方。然而，短短的几年时间，社会变了，仪表厂也变了，而自己下岗后又去做些什么，他还真没有这样的思想准备。他心里很乱，听了锦秀的话就有一股无名火蹿了上来。

他用手指着锦秀：徐锦秀，我今天才发现你是这么自私。

锦秀听了，气也不打一处来：我自私？我要是自私就不会嫁给你！我进了你们家的门，哪一天是给我自己活着了，黎京生，你今天得把话说清楚。

黎京生不想吵下去，他怕隔壁的母亲听见，就挥了一下手说：徐锦秀，你能不能小声点儿。我都快下岗了，我还没有和你吵，你活得好好的，还吵什么吵？

锦秀的眼睛就睁大了：你刚才说什么？你要下岗？

黎京生把头别了过去：估计下批就有我。

锦秀吃惊得说不出话来，黎京生下岗就意味着以后这个家就得靠她一个人撑着了。她现在的处境又如何能撑得起这个家呀？她眼前一下子就黑了。

黎京生终于下岗了。下岗的黎京生情绪一落千丈，在部队时他满怀理想，立志要把青春和热血献给边防事业，可事与愿违，因为家庭的变故，他不得不离开了部队。转业后，进了父亲曾经工作的仪表厂，从开始的不适应到现在，他也认命了。没想到，峰回路转，轰轰烈烈的改革竟让他下岗了。这是他不曾料到的。

最初的几天，他天天坐在母亲的床边，陪母亲说话。他对母亲说：单位放假了。

刚开始，母亲还挺高兴，这么多年来，母亲还是第一次这么长时间地和儿子相处。母亲不停地回忆起他儿时的趣事，说笑间，黎京生的心情也有了变化，人也轻松了许多。但在面对锦秀时，却又是另一番心境。他下岗，可以隐瞒母亲，却瞒不住锦秀。

下岗的第一天，锦秀随意地说了一句：这就下岗了？

他没说话，双手抱着头，样子有些悲壮。

锦秀却轻描淡写地说：下岗就下岗吧，家里的事你就多操点心，我现在忙得真有些顾不上这个家了。

锦秀除了工作，还有在职研究生的学习，抽空还要跑到幼儿园去看一眼念乡。孩子毕竟是她身上掉下来的肉，再忙，也割舍不下孩子。念乡已经牙牙学语了，每一次去幼儿园看念乡，她都会紧紧地抱着他，嘴里不停地说着：念乡，妈妈看你来了，快叫妈妈。

刚开始，念乡看到她还有些认生，不是哭就是躲，他已经把幼儿园的阿姨当成了亲人。有一次，当她把念乡交到阿姨手里，转身离开时，念乡忽然含混不清地喊出一声“妈妈”。

她浑身一抖，回过头，惊喜地喊了起来：念乡，儿子，你会叫妈妈了。

阿姨也感到很惊奇，不停地冲念乡说：念乡，再叫一声妈妈。

念乡这一次清楚地叫了一声“妈妈”。

她赶紧转过头去，早已是满脸泪水了，念乡的呼唤令她的心都碎了。

一整天，她的心都被一种忧伤的情绪笼罩着。无论是工作还是学习时，她都在走神，耳畔仍回响着念乡稚嫩的呼唤。

黎京生下岗后，锦秀更是忙到很晚才回家，家里毕竟有黎京生在，她多少可以省点心。这天，母亲把黎京生叫到床前，一双目光直直地盯着他说：京生，锦秀这些日子好像不对劲儿啊？

她忙，白天上班，还要上研究生的课。

母亲就叹口气，闭上眼睛说：是我连累了你们。

母亲每一次这么说时，黎京生的心里都不好过，心情好的时候，说说也就过去了。此时，他的心脆弱得如同一枝芦苇，说断就断了。

母亲又说：当初我真不如跟你爸一起走了，这样，你也就不会离开部队了。

妈……黎京生打断了母亲的话，这时，他忽然就想到了锦春。现在的日子真让他有些喘不过气来，有时他也在想：要是自己不转业，娶的又是锦春，日子会是什么样子呢？没有发生的事永远只是一种幻想，此时的黎京生忍不住一次次地想起锦春。有时甚至从柜子里找出锦春的照片，匆匆地看上一眼，再悄悄地把照片收了起来。

黎京生在家待久了，话也就没那么多了，就连单位里的事也懒得说了。母亲对仪表厂并不陌生，丈夫生前就在仪表厂上班，现在，儿子又去了仪表厂。她对厂子是有感情的，也认识厂里的老人。那些和黎京生父亲同批进厂的朋友，至今仍隔三岔五地上家里来看看。

黎京生在家里遥遥无期地待下去，母亲就有了警觉，她冲黎京生说：孩子，跟妈说实话，厂里是不是有了变故？

黎京生不想让母亲知道自己下岗的事，怕她替自己无谓地担心，就说：妈，没有啊。我不是跟您说过了，单位放假了。

母亲尽管长年躺在床上，但电视、收音机还是经常看，经常听，母亲一针见血地说：京生啊，你不是下岗了吧？

没有，妈。我明天就要上班了。

母亲疑惑地看着他，仍是一副不相信的样子。

第二天一早，锦秀离开家后，黎京生走到母亲床前：妈，今天我就该去上班了。

母亲看着他，点了点头：去吧，甭惦记我，这么多年妈一个人早就习惯了。

黎京生心情复杂地离开了家。

当走到街上，他就茫然了，眼前是行色匆匆的人群，他要往哪里去，又要去干什么？他心里一点儿底也没有。他下意识地走到了念乡所在的幼儿园，径直走进去。幼儿园的阿姨一见他，就把念乡抱了出来。

他接过孩子，心里五味杂陈。幼儿园的阿姨就说：爸爸来了，真难得，你是来接念乡的吗？

他似乎没有听清阿姨的话，就点了点头。直到阿姨开始收拾念乡的衣服，他才清醒过来：不不，我还要上班呢。

说完，把孩子交给阿姨，匆匆地离开了幼儿园。

当他又一次站到大街上时，他真不知该往哪里去了。就在他犹豫的时候，战友王大雷骑着自行车正好经过，他冲黎京生招呼道：京生，忙什么呢？这两天我正想找你去，工作找到了吗？

他摇摇头。王大雷是他在守备区的战友，当年被一个车皮拉到了守备区。王大雷当满三年兵就复员回来了，先他几年进了仪表厂。他们这批战友中，仪表厂的子弟有好几个人都当了兵，提干的却只有黎京生一个。当年的复员政策是哪里来的就回哪里去，最后，那几个仪表厂的子弟，复员后顺理成章地去仪表厂当了工人。几年后，黎京生也回来了，因为他是干部转业，就去工会当了干部。当时，战友们都羡慕得不行。黎京生毕竟是机关干部，天天坐办公室，风吹不到，雨淋不着的。真是造化弄人，谁承想几年后，几个人相继下岗了。就是不下岗，转产后的仪表厂挣扎在市场的大潮中，也让人看不到多大的希望。

王大雷支好自行车，一屁股坐在车后座上：咱们几个战友想搞一个餐厅，名字都起好了，叫老兵饭馆。我这两天正想去找你，你想不想参加。你可是我们几个人最有出息的，又是党员，我们还想推荐你当董事长呢。

黎京生一听，马上摇起了头：开饭馆，咱没经验啊。

王大雷“哧”地笑了一声：啥经验不经验的，路是人走出来的。

说完，不由分说，拉着他就往前走：那几个家伙准备今天研究这事呢，正好碰到你，咱一起去。

黎京生推辞不过，就跟着王大雷去了战友李纪朝家。

李纪朝的家紧邻街面，是个四合院，只要把院墙打通了，院子就与外面连成了一个世界，开饭馆绝对是好位置。

李纪朝一见黎京生就咧嘴笑了，他一脸兴奋地说：黎排长，没想到咱们又成了一个战壕的战友了。怎么样，想不想干？只要你一句话，你要是同意，就还当咱们头。

几个战友也七嘴八舌地议论起来。那天，几个人把未来畅想得很美好，心情也很愉快。中午的时候，李纪朝亲自掌勺做了几个菜，大家坐在院子里，提前感受了一下老兵饭馆的氛围。

喝了几杯酒的黎京生，心底的那份豪情和理想又一次被点燃了，他当场答应了下来。有了他的加入，昔日的战友都表现得很亢奋，决心把老兵饭馆办得风生水起，有声有色。

回到家的黎京生已经有几分醉意了，锦秀正在忙着做晚饭，看见他歪着身子晃进来，心里的怨气一下子蹿了上来：黎京生，你现在不上班了，还折腾到这么晚，这个家又不是我一个人的。

黎京生这时才清醒了一些，他支吾着：我找到工作了。

锦秀吃惊地看着他：你找到什么工作了？

黎京生大声地说：我要开饭馆，自己当老板。

锦秀就哂笑起来：黎京生你是喝酒喝多了，你拿什么开饭馆呀？

这时，母亲把黎京生叫到了自己的房间。母亲已经什么都知道了，她从锦秀的嘴里知道了黎京生下岗的事。母亲见到他就哭了，她一边哭，一边说：好好的仪表厂怎么说黄就黄了，当初你爸在厂里上班时，厂子里几千号人，家大业大。现在，轮到你了，厂里连个饭碗都不给你留了。孩子，你的命真苦啊。

黎京生忙赌咒发誓地说：妈，你放心，没有仪表厂的工作，我还可以干别的。过几天，我们的饭馆就开张了。

锦春三十

在一般人的眼里，徐锦春已经是林建设的女朋友了。

锦春已经从那个昔日的小院搬出去，住进了崭新的小区。小镇在经历了前所未有的变化后，新兴的建筑如雨后春笋般拔地而起，一天一个样。

林建设是小镇最大的房地产开发商，他大手一挥，锦春曾经住过的那片平房便灰飞烟灭了。工人和机器在一片轰鸣声中开进了工地，在不久的将来，这里将出现一批崭新的楼群。

因为动迁，锦春住进了一套楼房。林建设时常会出现在锦春的楼下，他那辆桑塔纳已经被日本的皇冠取代，整个人看起来更像是有钱人了，头发梳得一丝不苟，穿戴也是颇为讲究，老板形象呼之欲出。

锦春业大毕业后，就辞去了邮电局的工作，到了一家医院上班，是一名实习医生。她每天穿着白大褂，穿梭于门诊和病房之间，不停地问诊、开方。

林建设有时也会来到医院转一转。他来了，并不多说什么，站在走廊里看她给病人看病，等病人走了，稍有空闲时，他才走上前，递给她一瓶冷饮：你们医院真该装空调了，这么热，怎么给人看病。

锦春就调侃道：等你当我们院长时再说这话吧。

林建设很有风度地摆着手说：不用当院长，我也可以说这话，大不了我赞助你们一批空调，多大个事儿啊。

财大气粗的林建设的口头语就是“多大个事儿啊”。在小镇，什么事在他眼里也都不是个事了。十几年前，林建设带着一个建筑队起家，凭着他的聪明和吃苦耐劳，很快就成了小镇最大的房地产开发商。他有决心，也有魄力，使小镇正发生着翻天覆地的变化，于是，所有的事情在他眼里，根本就不算是个事儿。唯有锦春在他的心里仍然是个事，这个事比天大，比地大，他能拿下小镇所有的项目，却拿不下锦春的心。这么长时间了，他仍然在锦春的外围转悠着。

此时，他正一脸温情地冲锦春说：晚上有歌舞表演，是省歌舞团的演出，有时间吗？

边说着，边拿出两张票放到锦春面前。

锦春抬起了头：我约好了一个病人，下班时去他家里出诊。

林建设就很没脾气的样子，拍着桌上的两张票说：这是两天前求人才弄到的，你说不去就不去啊？

锦春歉意地看着他：要不，你找别人看吧，我真抽不出时间。

林建设就叹了口气：你不去，那我去还有什么意思。

这时候，一个小护士从门口经过，看到他笑盈盈地道：林总，又来看徐医生啊？我看你干脆在我们这儿住院得了。

自从锦春调到中医医院后，林建设就成了这里的常客，许多人都看出他在追求徐锦春，就时常开他的玩笑。

林建设佯装生气地说：你可别咒我啊。

小护士嘿嘿一笑：你要是住院了，不就天天可以看到徐医生了。

林建设一拍大腿，恍然大悟：有道理，你这个建议很好，我一定考虑。

说完，把桌上的两张票塞到小护士的手里。小护士不相信似的看看手里的票，又看看林建设：这票是给我的？

林建设潇洒地挥挥手说：给你的，拿去。多大个事儿啊！

小护士跳着高儿地跑了出去。

林建设仍然没有走的意思，一直熬到锦春下班，开车送她去了出诊的地方。

送锦春上楼后，他就坐在车里等着，像一个称职的司机。锦春看完病，刚从楼里出来，他早已殷勤地打开了车门。

锦春一坐上车就冲林建设发起了牢骚：林建设你没欠我什么，干吗要对我这样？我可承受不起。

林建设笑而不答，专心致志地开车。他把车开到一家咖啡馆前，停了下来。

两个人面对面地坐下，点了咖啡后，林建设才说：徐锦春，你是没欠我什么，是我上辈子欠了你的。

锦春知道林建设的心思，自从林建设出现在她的生活中，她就清楚他的用意。只是她不明白，林建设为何如此锲而不舍地追求她？自己并不年轻，也谈不上优秀，凭林建设的地位，找什么样的姑娘找不到，却偏偏像牛皮糖似的黏上她，这让她不解和困惑。

上次锦秀回来跟她说了那些话后，她猛然意识到自己是该成家了，不仅为自己，也为锦秀。否则，锦秀又怎么能安心呢？这是她以前从没有考虑过的。

现在，她半推半就地和林建设来往着，与锦秀的那次谈话不无关系。她也曾试图去爱林建设，试了，却没有那种感觉，那种和黎京生在一起的感觉。多少个夜晚，她辗转难眠，爬起来，久久地看着黎京生的照片。所有的往事又依次在眼前一遍遍闪过，无休无止，绵延不绝。

后来，她干脆想，既然不可能再爱上别人，那就随便找一个好了，眼前的林建设毕竟是中学同学，知根知底，谈不上喜欢，也谈不上厌烦，有时还会给她带来一丝淡淡的喜悦。像现在这个样子，她就很喜欢，两个人坐在咖啡馆里，听着轻柔的音乐，浅淡地聊上几句。这家咖啡馆是她最喜欢的去处之一，林建设带她来过一次，她就喜欢上了这儿，两个人经常会来这里坐一坐。她只要坐在这里，心就静了下来，看着窗外，心思就飘得很远。

林建设把手伸向她的眼前：哎，想什么呢？

这时，她才回过神，怔怔地看着林建设说：时间可真快呀，我一晃都三十岁了。

林建设就笑：你还不老，在我心里你一直没变。

她的目光变得温柔起来，他的幽默和微笑让她感到轻松，在这一瞬间，她甚至有些喜欢他了。

业大毕业那一年，徐锦春又一次见到了苏启祥。他是特意来中医学院看她的。那天，两个人在校园里走了很久，苏启祥终于从书包里取出了一张照片。那是一张三口人的合影，是苏启祥探亲回家拍的，照片上的婴儿很小，头很大，三口人冲着镜头微笑着。

锦春看着照片就感叹起来：苏参谋，祝贺你啊，当爸爸了。

苏启祥淡淡地笑一笑：过日子嘛，就那么回事。

她想起苏启祥说过的相亲的事，就问：你和你爱人了解吗？这么快就结婚了。

苏启祥咧了一下嘴：了解不了解的，也就那么回事。婚早晚是要结的。

她听了，心里就沉了沉，有一种异样的感觉升上来，她明白苏启祥对自己的感情。想到这儿，她冲他说：我马上就毕业了，以后到市里的机会就少了。

苏启祥淡然一笑，很有哲理地说：距离不代表什么，我会经常想起边防站的。

回到小镇后，她时常会想起苏启祥，想起他每周带着战士到她家里来时的情景。接着，她就又忍不住地想到黎京生，想到自己的初恋。而眼下，坐在对面的林建设仿佛离她很近，又很远。她拿捏不准自己和林建设该保持一种什么样的距离。在别人的眼里，她是林建设的女朋友，她自己也默认了他作为自己男友的身份。他们在交往着，感情不见升温，却也未曾冷却，这就是两个人目前的状态。

飞翔的爱情

锦香曾到二姐锦秀家来过两次。第一次是她刚分到北京的某部队医院不久，当时的黎京生还没有下岗，念乡才出生不久。她来的时候，锦秀正一边抱着孩子，一边做饭，看起来很忙乱。

锦香看到忙碌的锦秀，就把念乡接了过来。锦秀已经完全是一副家庭妇女的样子，穿着随意，头发被发夹别在脑后，忙完了屋里忙屋外，还要抽空去婆婆屋里看看。

锦香小声地冲锦秀说：姐，你怎么变成这样了？

锦秀听了，答非所问道：不这样，又能怎样？

说着，抬头就看到了妹妹忧郁的眼神：等你以后成了家，有了孩子，也得这样。

锦香撇了撇嘴，心里说：我才不会学你呢。

没多久，黎京生就下岗了，这时候锦秀已经在职读研究生了。那一阵是锦秀最忙、情绪最糟糕的时候。

锦春给两个妹妹每人寄了一件毛衣，毛衣是锦春抽空自己织的。她把毛衣一同寄给了锦香，由锦香转给锦秀。

锦香来的那天是个周末，念乡已经被锦秀从幼儿园接了回来。锦秀正一边哄着念乡，一边抽空看书，还不停地在本子上记上两笔。黎京生在厨房里忙活着。那几天，黎京生正在犯愁，脸色自然也不好看，干起活来就没轻没重的，吓得念乡在锦秀怀里直哭。锦秀就冲厨房里的黎京生嚷道：你就不能小点声呀？

黎京生不说话，仍把动静弄得有声有色。

就在这时候，锦香来了。她站在院子里喊了一声：姐！

锦秀抬头就看见了锦香，她抱着念乡迎了出去。

锦香看着锦秀的脸色问：又吵架了？

锦秀忙掩饰地说：昨晚没睡好，念乡老闹，快进来吧。

黎京生也从厨房的窗户里看到了锦香，忙探出头来：锦香来了，屋里坐吧。

锦香接过锦秀手里的念乡，一边逗着，一边走进屋里。她到厨房看了一眼，又到黎京生母亲的房间坐了一会儿。腾出手的锦秀赶紧又看起了书，锦香拿出锦春寄来的毛衣说：大姐给你织了件毛衣，我给你带来了。你试试，看合适不？

锦秀瞄了一眼毛衣，苦着脸说：大姐也真有闲工夫，织件毛衣得花多少时间啊。

锦秀在这之前已经接到锦春的来信，锦春把自己和林建设的事说了，她挺替锦春高兴，不管怎样，锦春也算是有了着落了。不知为什么，这几年来她总隐隐地觉得自己对不住锦春，究竟因为什么，她也说不清。总之，她觉得自己欠了锦春太多，至少上大学的学费都是锦春寄给她的。毕业后，自己又留在了北京，结婚成家，还有了孩子，而锦春还是以前的锦春。如果，自己的丈夫是别人，而不是黎京生，她的心里也会自然许多，可鬼使神差，她竟嫁给了姐姐的初恋情人。

那天，锦香很快就与锦秀告别，回到了医院。锦秀和黎京生一再挽留她吃了饭再走，可锦香没有一点吃饭的心情。

锦香回过头，感情复杂地喊了声：姐！

锦秀望着锦香，一副茫然的样子。

锦香忧心忡忡地看着她：姐，你变了，变得和以前不一样了。

锦秀轻叹一声，富有哲理地说道：这就是生活呀，女人生了孩子都这样，没什么。

姐，我可不想像你这样，看着太累了。

锦香说完，迈开步子，清清爽爽地走了。

望着小妹的背影，锦秀没滋没味地嘀咕着：谁又愿意这么过日子呢？

这是锦秀的现实生活，也是锦秀的无奈。毕竟，爱情是爱情，生活就是生活。

后来，锦香又约锦秀出来见了一面。咖啡厅很静，淡淡的背景音乐似有若无地轻轻流淌，咖啡的香气在两个人之间弥漫着。同样坐在这里，此时二人的心境却大有不同。

锦秀一边看表，一边急慌慌地说：锦香你有什么事，快说，我还要去上课呢。

锦香慢条斯理地用小勺搅动着杯里的咖啡：你就知道上课、带孩子，还有别的没有？

小香，我和你可不一样。

不一样，那是你自找的，你就不能换一种方式去生活？锦香一副站着说话不腰疼的样子。

锦秀有些不耐烦了：等你结婚了，有了自己的家，你就明白了。

锦香托着腮，同情地望着锦秀：姐，你跟我说实话，当初你怎么就嫁给黎京生了，他哪一点吸引了你？

锦香的单刀直入让锦秀感到哑然，她无法回答，也无从说起。

锦香又说：当初大姐爱上黎京生，这我理解。可你不一样，在北京读了四年大学，什么样的人碰不到？什么样的爱情都可以尝试，你怎么就选择了黎京生，我真是不懂。

锦香的话颇让锦秀心里不是滋味，面对妹妹的质询，她感到不舒服。这段时间，她的心一直很乱，现在，妹妹的话更是让她心里乱了一团。她有些沉不住气，生硬地冲锦香说：我今天不是来听你教训的，要是没别的事儿，那我走了。

同时，站起身，从钱包里拿出钱，拍在桌子上，转身走了。

锦香吃惊地看着锦秀离去的背影，又看一眼桌上的钱，一脸的疑惑。

在锦香的心里，爱情不应该是这个样子的，究竟是哪种样子，她没有想好，但肯定不是锦秀和大姐锦春那样。

她现在和武飞可以说是浪漫的，武飞每天都有飞行训练，只要天空中响起飞机的隆隆声，她都忍不住推开窗子，向天空眺望。他们不可能天天见面，但他们会不停地通电话，时间大多是在晚上，她在医院值班的时候，武飞就会把电话打到值班室。不论何时，她接到武飞的电话，心情都会美好起来。

武飞在电话里说：我每天都在你的头顶上飞过，你看见我了吗？

她一边听，一边“哧哧”地发笑：没看见，但是听到你的声音了。

武飞的声音沉了沉，又说：等到有一天，我一定带你去飞翔，让白云在你的脚下，你就像躺在蓝天里……

武飞诗一样的描述，让锦香惊喜不已，那就是她想要的一种生活，浪漫而多彩。

又是一个周末，武飞带着锦香回了一趟家。这是锦香第一次去见武飞的父母。在这之前，她曾听武飞介绍过，他的父亲是中国第一代飞行员，现在是某空军的副军长。

锦香如愿以偿地见到了武副军长。军长就是军长，行伍出身的人，即使在家里也带着军人特有的气质。虽然，现在的武副军长不是飞行员了，但飞行员的气魄还在，叉着腰，挺着胸，像一架战斗机似的出现在锦香面前。

爸，这就是我跟你说过的徐锦香。

武副军长看了看锦香，点着头，声若洪钟地说：好，好啊。

锦香还是有些紧张，一紧张，就给武副军长敬了个礼：首长好。

武副军长就笑了，把叉在腰上的手拿下来，回了个礼：不错，真不错。军人好啊，军人让人放心。

锦香就红了脸。

武飞的母亲从里屋走出来，拿出水果招待锦香。武飞的母亲和武副军长形成了鲜明的对比，一刚一柔，一粗一细。母亲说话时总是轻声细语的，也是参加过抗美援朝的老兵，曾经是文工团的演员，漂亮的嗓子在当年不知征服了多少青年军官。最后，还是武飞的父亲以快刀斩乱麻的势头，攻下了这块高地。现在，武飞的母亲退休了，金嗓子不见了，换成了一副柔美的声音。

在武副军长的眼里，武飞就是他生命和事业的延续。作为儿子，武飞在父亲的眼里是他的骄傲。

刚进武飞家门的锦香已经感受到了这一点，她为武飞有这样和美的家庭感到欣慰。武副军长面对年轻人，总喜欢讲上两句，就是在家里也不例外，他颇为感慨地说：姑娘，你能选中我的儿子做男朋友，证明你的眼光不错。当年，你阿姨选中我，她的眼光也是雪亮的，那时候啊……

武飞的母亲不好意思地打断了老伴的话：快别说那些陈芝麻烂谷子的事了，年轻人不爱听。

武副军长挥挥手，像在会场上做报告似的，把多余的声音压下去，然后自顾自地说：你们是般配的，因为姑娘你也是军人，军人是理解军人的。以后你要多支持武飞，国家培养一个飞行员不容易。

锦香仍有些紧张，她赶紧回答：是，首长！

武副军长摆摆手说：在家里就不要这样了，我是你的长辈，叫叔叔就行。

锦香又说：是，首长！

坐在一边的武飞忍不住笑了。

那一次，武飞一家给锦香留下了不同寻常的感受，这是她在以前从未接触过的一种家庭生活。

变　故

那些日子，黎京生和战友们忙着老兵餐厅的事，锦秀仍一如既往地忙碌着。就在这种忙乱中，他们忽视了母亲的病情。

刚开始，母亲整宿地咳嗽，以为是感冒了，锦秀就在单位的门诊部开了一些药。药吃了，仍不见好，黎京生又给母亲买了秋梨膏服用，也不见什么效果。

一天晚上，黎京生回来得较晚，他回来的第一件事就是到母亲的房间坐一坐，这么多年，已经成了习惯。陪母亲说上几句话，母亲就会很开心，有时也絮絮叨叨地叮嘱他几句，这对黎京生来说，是一天中的句号。他在母亲这里待一会儿，仿佛这里是自己心灵的驿站，简短的休憩之后，就一如从前了。

这天晚上，黎京生又来到母亲的房间。母亲慢慢地抓住了他的手，手很凉，他吃了一惊：妈，你哪儿不舒服？

母亲气喘着说：京生，妈这次怕是要去找你爸了。

黎京生的声音就带出了哭腔：妈，你感觉不好，咱们明天就去医院。

母亲摇摇头，缓缓地说：你爸想我了，这两天我总梦见你爸来接我了。你爸他一个人在那边孤单，我得去陪陪他。

妈，你别吓我！明天一早，咱们就去医院。

母亲气喘了一会儿，才说：别折腾了，我在这张床上都躺了这么多年了，躺够了，该换个地方了。

黎京生的眼泪不可遏止地流了下来，母亲抖着手，给他擦去了眼泪：不要哭，你是个男人，该挑起生活的担子。现在，你不容易，锦秀也不容易，妈连累了你们这么多年，该是个头了。以后，只要你们踏踏实实地过日子，不求大富大贵，平平安安就好。

母亲说到这儿，眼角的泪水也溢了出来，黎京生哽咽着说：妈，我记住了。

他在母亲的床边蹲下来，把头靠在母亲的怀里，过了好一会儿，他的心平静了下来。他似乎又有了力量，抬起头，坚定地说：妈，咱明天一早就去医院。

母亲没有回答，躺在那里无声无息，像是睡着了，眼角却有泪水划过。他轻轻地替母亲拭去，又掖了掖被角，走了出去。

回到自己的房间，锦秀仍在忙着自己的学习，他缓缓地坐在椅子上，半晌才说：妈这次病得挺重。

锦秀头也不抬地说：我已经给妈买了消炎药，刚刚给她吃过了。

黎京生看着锦秀的侧影：明天，带妈去医院看看。

锦秀抬起头说：明天我们研究生班考试。

黎京生把目光看向别处：我不是让你去，我去！

锦秀不再说什么，低下头，专注地复习起来。

也就是在这个时候，黎京生感到了一种从没有过的悲凉，望着锦秀，恍惚间，她变得陌生了起来。他这才意识到锦秀变了，变得他都有些不认识了，以前的锦秀善良、温柔，通情达理，可现在的锦秀……

躺在床上，毫无睡意的他忽然就想到了锦春，他甚至在想，如果自己当初娶的是锦春，锦春也会这样吗？他找不到答案，纷纷扰扰的思绪更是一股脑地挤了进来。

第二天一早，他睁开眼睛时，锦秀已经不在了。他爬起来，在桌上看到锦秀留下的一张字条：饭在锅里。

他想起母亲，赶紧走到母亲的门前喊了一声：妈，咱今天去医院啊。

说着，就推开了门。

母亲仍静静地躺在那里。他走过去，轻轻地喊道：妈，好点儿了吗？

母亲没有反应，他伸手去扶母亲，母亲的身上已经凉了。他大叫一声：妈！就跌坐在地上。

母亲已经走了。

他脑子里一片空白，呆呆地望着躺在那里的母亲。母亲的样子很安详，仿佛在做一个冗长的梦。

母亲的人生大幕就这样谢了。留给他的，只是一些母子间片段式的温情记忆。

他又一次扑在母亲的怀里，放声大哭：妈，你要一路走好……

母亲的离去，对于宏大的世界来说不过是一帧通俗的人间景象，来的来，去的去。生活就像一方舞台，你方唱罢我登场，过了今天，还有明天。

母亲走了，卸掉了压在锦秀心头的一块石头，她终于可以舒一口气了。处理完婆婆的后事，她有种如释重负的感觉。

那天晚上，她和黎京生坐在空寂的屋子里，沉默着。最终，还是锦秀先开了口：妈走了，该给念乡接回来了。

黎京生似乎仍没有从悲痛中清醒过来，听了锦秀的话，一时没有反应。

锦秀又说下去：念乡接回来，家里就得请个人来看他。孩子那么小就被送了全托，真委屈他了。

黎京生这才嘶哑着声音说：我下岗了，老兵餐厅刚办起来，还没有一分钱的收益，哪有钱请人啊？

不用你管。锦秀胸有成竹地说。

锦秀很快就在保姆市场找来了保姆，念乡也从幼儿园接了回来。母亲原来住的大床换成了单人床，又添了一张念乡的小床，念乡走到这里时就疑惑了。他这里瞅瞅，那里看看，然后仰起脸冲黎京生问：爸爸，奶奶呢？

母亲走后，他一直没有把奶奶去世的消息告诉念乡，他怕吓着孩子，更不想在孩子幼小的心灵里，留下生生死死的记忆。他弯腰抱起念乡，把脸贴在儿子的脸上：奶奶去找爷爷了。

念乡又问：那爷爷在哪儿？

在天堂，在很远很远的地方。

念乡就指着黎京生的鼻子说：爸爸你骗人，奶奶不会走路，她去不了很远的地方。

他紧紧地把念乡抱住了，轻轻地在儿子耳边低语：是爷爷把奶奶接走了。

念乡似乎明白了，他担忧地问：爸爸，你也会去天堂吗？

他听了，怔了一下，但还是说：爸爸早晚有一天也会去的。

念乡仍一脸稚气地说：爸爸，你去了天堂，把我也接去吧。

他的眼泪一下子就流出来了，他怕儿子看见，忙转过身去。

老兵餐厅办得并不顺利。几个战友几乎倾尽所有，总算使餐厅开业了。第一个月下来，结算的时候才发现竟然亏了本儿。几个人围坐在一起，愁眉苦脸地商量着下一步的对策。亏本的原因其实很简单，就是客流量始终没有保障。尽管餐厅地处临街，但宣传不到位，有谁愿意来呢？何况，那个年头在餐厅吃饭多少还是有些奢侈。最后，还是黎京生提议，既然叫老兵餐厅，就得在老兵身上做文章。当即，就做出了如下决定：

一、凡是复转军人和军烈属在本餐厅就餐，一律享受六折优惠。

二、每年的“八一”建军节，所有就餐者均享受六折优惠。

同时，又推出了送餐服务，并印制了名片大小的广告发给路人。渐渐地，老兵餐厅就有了起色，就餐的人也多了起来。

锦秀一如既往地忙着，下班后，和念乡玩一会儿，就让保姆把念乡带走了，她自己就关在屋子里闷头学习。她现在的心情明显比以前好了，脸上的笑容也多了几分。心情好时，她就给锦春写了一封信：

姐，现在念乡已经接回家了，京生还在开那家老兵餐厅，谈不上好，也说不上坏。我的学习还正常，再有一年时间，研究生文凭就拿到了，到时候我就可以评上副高职称了。以后，就再不用给人当助手了。姐，小香也很好，她正在和一个飞行员谈恋爱。据小香说，两个人的感情很稳定，正准备结婚呢。你和林建设怎么样了？姐，你可再也耽误不起了，别再挑三拣四了，不是我说你，我是结过婚的人，结婚就是实实在在的生活，一定要实际些。我看林建设就不错，有经济基础，对你又好，找个时间把事办了吧。

矛盾的徐锦春

锦春和林建设的关系始终不咸不淡，热不起来，两个人似乎在玩一场猫捉老鼠的游戏，林建设是猫，锦春就是鼠了。

每一次约会后，林建设总是主动开车把锦春送到楼下，她都是匆匆地丢下一句：那我就走了。

林建设内心是期望锦春能邀请自己去家里坐坐，爱情永远都是私密的，他只有被允许走进她的闺房，才说明她对他是信任的。她却一直不肯让他上去坐一下，林建设就认为，她还是把他当成了外人，心里有种如鲠在喉的感觉。

这一次，锦春还是说了那句：谢谢啊，那我就上去了。

林建设也从车里钻出来，手扶着车门，看着她：你就不能请我上去坐一会儿？

锦春早就看出了林建设的想法，她没有接招的原因是她还没有做好准备，心里总觉得怪怪的，不是水到渠成的那一种。请林建设去家里，说起来也不是什么大事，但她却看得很神圣和隆重。他走进她的家，就意味着她已经接受了他。

锦春一副为难的样子，搪塞道：等以后有机会吧。

上楼前，她还冲林建设浅浅地笑了一下。

林建设站在原地，痴情地望着她消失在自己的视线里，然后又仰起头，看到房间里的灯亮了，才开车离去。在他们两个人的关系中，她越是这样，他越有一种想征服她的欲望。他的生活中从不缺少女人，甚至有形形色色的女人主动向他示爱。他在创业初期也曾谈过恋爱，结果是不了了之，直到他再一次遇见了锦春，他对爱情忽然又有了感觉。可以说，是锦春再次点燃了他心中爱情的这盏神灯。

只要一有空闲，他就会想到锦春，然后控制不住地开上车，三转两转地就到了锦春工作的医院。到了楼下，他才用大哥大给锦春打电话，每一次他都是说：我就在医院门口呢。

锦春就有些为难：我现在还没下班。

没关系，不急，我等你。

锦春一直忙着，直到下班铃声响起，她才想起楼下的林建设，慌慌张张地换好衣服，跑到门口。

林建设已经坐在车里睡着了，她敲敲车窗，拉开门，满脸歉意地说：对不起，今天的病人太多。

林建设揉了揉脸，笑呵呵地道：没关系。走，咱们吃饭去。

车子发动了，他才想起什么似的问：今天想吃点什么？

每次这么问时，锦春都一脸的困惑，她真不知道吃什么好，对吃也并不感兴趣，就说：随便吧。

吃完饭，林建设又征求地问她：看电影还是去跳舞？

大部分的时候，她会回绝他的邀请：今天我真有些累了，还想回去看看书。

他无奈，却也只能遵从她的意愿。

有时候，看到林建设失落的样子，她也会同他看一场电影或者是去跳一会儿舞。

跳舞的时候，两人的距离是最近的，他拥住她转了起来。舞曲欢快、轻松，她若即若离地感受着他的力量和温度。

他在她的耳边轻轻地说：锦春，我喜欢你。

此情此景让锦春有了几分迷离，她的身体有些发热，神情也恍惚起来，她甚至主动地贴近了他，觉得身边的他根本就不是林建设，而是黎京生。她闭起了眼睛，享受着短暂的幸福。锦春的这种亲昵的举动，让林建设感到意外和惊喜，他深情地把她拥紧了，试着想去亲吻时，锦春睁开了眼睛。当她看清楚眼前真实的林建设时，身体一下子就僵了起来，她又和他有了距离。

林建设颇有些无奈地说了一句：锦春，你是个矛盾的人。

她承认，此时此刻的她是矛盾着的，每当她想起黎京生时心里都有一种罪恶感，毕竟他已经和锦秀生活在一起，她怎么可以去想他呢？有了这种感觉后，她就拼命地克制着自己，把大量的时间都用在学习上，以期摆脱掉在情感上对黎京生的纠缠。但压制的后果却令她始料不及，她不但放不下黎京生，反而有了更多的牵挂和思念，她忍不住一次次找出黎京生的照片，长久地用目光抚摸着他英俊的面颊。她的脸开始发热，手心也有些发潮，这时，她的耳畔又响起了锦秀的话：姐，你一天不结婚，我就一天不安心，总觉着欠你的。

她忽然痛恨、厌恶起自己来，最后，她咬咬牙，索性闭上眼睛，三两下撕碎了黎京生的照片。

她原以为只要自己狠下心来，一切就都会过去。可当她第二天下班回到家，看到那些破碎的照片，她不由自主地又小心地把它们拼贴在一起。黎京生仍栩栩如生地看着她，她只能暗自垂泪了。

为了逃避，林建设每一次来找她，她都不会拒绝，她也希望自己能真心地爱上林建设。林建设曾带她去看了一栋别墅，上上下下看过后，他问道：喜欢吗？

她有些奇怪地看着他：这是你的房子？

林建设的一双手就按在了她的肩上：这是咱们的，是我为咱们结婚准备的。

她听了，竟有了一种感动。

登上宽大的露台，眺望着远远近近的风景，林建设用胳膊环住了她，在她耳边轻轻地说：咱们结婚吧，这辈子我会让你幸福的。

她闭上眼睛，有两行清泪滑过脸庞。林建设有些吃惊：怎么，你不相信？

她摇摇头说：我相信，但你能告诉我你为什么喜欢我吗？

林建设松开了环在她身上的胳膊，深情地看着她：也许是内心的一种情结吧，这可不是三两句说得清的。

她仰起头，近乎哀求道：我会嫁给你的，不过不是现在，请你再给我一些时间。

对于她的回答，林建设显然有些失望，但还是说：我尊重你，你觉得什么时候合适就什么时候，好吧？

她在心里说：林建设，对不起！我是想嫁给你，可我还没有说服自己，等到了那一天，我一定嫁给你。

林建设当然不清楚她心里想的是什么，但他能感受到她内心的挣扎。他已经决心不再去难为她，而是耐心地等候。

爱情有时候是需要时间和耐心的，林建设坚信自己一定会让锦春成为自己的爱人。他曾经发誓，要让自己心爱的人终生幸福。

别样的爱情

武飞几乎每一个周末都要到医院来看望锦香，诉说着思念，享受着爱情的浪漫。这种惯性的恋爱节奏，也让两个人有了更多的默契。

又一个周末来临时，天空下起了雨，这场雨从前一天晚上就下起来了，伴着雷电，轰轰隆隆地折腾了一夜。天亮的时候，雨小了一些，但仍哗哗地下着。

锦香显得有些失落，以前这个时候，武飞已经出现在她面前了，两个人坐在宿舍里，商量着一天的安排。上周已经说好，这次要去八大处爬山。现在看来，这场突如其来的雨，使计划不得不取消了。

百无聊赖的锦香坐在桌前，三心二意地看一本书，她不时地抬起头，去看窗外的雨。

雨仍没有要停的意思，不依不饶地下着。她就想：武飞也许真的不能来了。

同宿舍的小秋下夜班回来了，她颇为惊奇地喊了起来：哎，今天飞行员同志没来找你呀？

锦香噘起了嘴，看一眼窗外说：你没看见雨下得这么大？

小秋眉毛一挑，开起了玩笑：你那位不是全天候飞行员嘛，下雨算什么，就是下刀子，他也可以飞呀！

锦香打着哈哈：约会又不是开飞机。

小秋不再理她，草草洗了一下，就去休息了。

闲下来的锦香心里越发空落起来，以往，每个周末都因为武飞的到来安排得满满的，现在，因为这一场雨，武飞来不了，她就有种不知如何打发时间的感觉。

她跑到走廊，桌子上的公用电话静静地趴在那里，她忍不住去拨武飞的电话。她知道，武飞宿舍的电话就在走廊的尽头，有多少次，她这边刚想给他打电话，那边拿起电话的就正好是武飞本人。两个人一通上电话，就聊得天长地久，海枯石烂，直讲到听筒发热才肯放下。

锦香在这个雨天，就又想到了电话，见不到武飞，在电话里聊上一会儿也是好的。她拨通电话，电话的那头很快就被人接了，接着，就听到有人粗声大气地喊武飞的名字。过了一会儿，仍不见武飞来接。又过了一会儿，电话里的人告诉她：武飞一早就请假出去了。

武飞出来了？可到现在也没见到他的人影啊！她沉不住气了，拿了把伞跑了出去。

她站在大院门口张望着。因为下雨，街上几乎没有什么行人，即便有个行人，也是行色匆匆。雨水和雾气将街景渲染得仿佛一幅朦胧的水墨画。

锦香撑着伞在雨中等了一会儿，又等了一会儿，仍不见武飞的身影。这时候，她甚至在想：也许武飞出来，并不一定来看她，而是去办别的事。想到这儿，她转身就往回走，就在她最后一次回头时，她看见迷蒙的雨水中，有个人正在向她这里跑来。她定睛看去，果然是武飞在雨中奔跑。

对不起锦香，我迟到了。武飞喘着粗气跑到她面前。

她惊讶地喊道：你怎么不坐车，干吗要跑？

武飞甩了甩湿淋淋的头发，潇洒地仰起了头：昨晚下大雨，通往机场的一座桥被洪水冲断了，不通车，我就跑步过来了。

武飞说得轻描淡写，锦香的心里却轰然一响，从机场到医院坐车还得一个小时呢，他竟然在雨中用一双腿跑了过来。她的雨伞从手中滑落，她也站在了雨水中，眼泪夺眶而出：武飞，你是个傻子啊？这么大的雨，路都断了，你为什么还要来呀？

武飞又笑了，一脸轻松地说：没什么，为了你我的约定。

锦香上前一步，伸手抱住了武飞。半晌，武飞才拍了拍锦香的脸：走，咱们去爬山。

现在？锦香有些不相信的样子。

武飞坚定地拉着锦香的手说：咱们不能食言，说好了的就一定去！

那好，我们现在就出发。

一对热恋中的年轻人，幸福地钻进了雨中。

登到西山的峰顶时，天突然放晴了，彩虹绚丽地挂在天际，两个人被雨后的美丽和壮观震惊了。高远的天空蔚蓝而澄澈，大朵的白云蘑菇般地浮在上面，山上不知名的野花一丛丛地簇拥着摇曳着，两个年轻人很快就被梦幻般的世界深深地吸引了。

武飞忽然松开锦香的手说：你等等我。

说着，跑到远处的花海里，很快就采了一抱五颜六色的野花站在锦香面前：徐锦香，武飞今天正式向你求婚，请接受我的请求。武飞发誓，今生今世与徐锦香永不分离。

锦香无论如何也想不到，武飞会在这里向自己求婚，她接过武飞手里的花，眼里很快就有了泪水，她哽咽着：武飞，我答应你。

武飞举起手，郑重地向她敬了一个军礼。

太阳升得越来越高了，山间的鸟儿也竞相唱了起来。两个年轻人的爱情仿佛在这一瞬成为了永恒。

徐锦秀的天空

念乡满四岁那一年，锦秀的在职研究生终于毕业了，现在的锦秀已经有了副研究员的职称。待遇和职称虽然来得有些晚，但终归还是来了。锦秀的心情比以前好了许多，她在给别人当助手时，甚至都不愿意再走进研究所的大门，终于，经过她的努力，眼前的危机暂时得到了摆脱。

人要是顺了，许多好事都会找上门来。这天，锦秀刚上班不久，就被人叫到了所长办公室。这么多年，锦秀之所以还在研究所里坚持工作，完全是因为碰到了一位好所长。所长是她的校友，“文革”前的大学生，即便在没有科研项目的“文革”期间，也一直坚守在研究所。如今，改革开放也使研究所与市场挂起了钩，而此时，也正是锦秀最为失意的阶段，正是老所长的鼓励，帮她走过了人生的黑暗。

见她进来，所长微笑着拿出一份文件，把它推到了锦秀的面前。这是一份红头文件，内容是中德两国将建立长期合作关系，首要项目就是在德国建立一个研究所，共同研发。

锦秀一目十行地把文件看了，心便“嗵嗵”地狂跳不止，她意识到，自己又将有新的机会了。

果然，所长慢条斯理地说：所里研究决定，准备派你去德国，和德国同行共同研发新的项目。

锦秀“腾”地站了起来，一时不知如何感谢所长。

所长温和地说：咱们所里符合条件的差不多都出去过了，能在国外学习新的技术和理念，回来工作肯定是不一样的。几年前你就该出去了，是家里拖了你的后腿。这是个新的项目，你做好在德国长期工作的心理准备。

她不知道自己是如何走出所长办公室的，只觉得一阵头重脚轻。出国一直是她的梦想，以前所里也经常有出国的名额，要么是进修，要么是合作项目，三两年后，项目完成了，出去的人再回来就理所当然地成了项目负责人，挑起所里的大梁。她在事业上最灰暗的时候，曾经是如此羡慕、嫉妒过那些风光无限的同事。这一次，终于轮到她了。

那天晚上，下班后她特意去了一趟幼儿园。现在，念乡仍然上着全托班，只有周末的时候，他才会被妈妈接回来。不是周末，却能够回家，这让念乡喜出望外。黎京生还没有回来，她特意给黎京生打了电话，嘱咐他早点回来。

没过多久，黎京生骑着自行车，一路铃声地回来了。黎京生比以前黑了，也瘦了，他火烧火燎地走进屋，一眼就看见了念乡，他意识到家里有事情要发生。抱过儿子，就去用目光望着锦秀。锦秀这才慢悠悠地说：你先坐下，我要通知你一件事情。

黎京生的预感得到了证实，他忐忑着坐了下来，不错眼珠地盯着锦秀。

我要去德国参加一个合作项目，是所里派的。

黎京生听了，脑子里“轰”地一响。这段时间，他最怕的就是锦秀出国了。自从下岗以来，他和几个战友把所有的精力都放在了老兵餐厅上。他们把餐厅当成了拯救自己的最后一根稻草。然而，餐厅开得并不顺利，时好时坏，让人提心吊胆。现在，他们又增加了外卖业务，每到中午或晚上，几个人推着餐车上街卖起了盒饭。三五块钱的盒饭，没有多少利润，只是增加一些流水罢了。

锦秀读在职研究生时，黎京生就盼着她能早些毕业。现在，她是毕业了，也享受副研究员待遇了，他本以为自己能轻松一下了。他没有更高的奢求，只求锦秀多照顾一下这个家，他可以一门心思地扑在老兵餐厅上。餐厅不仅是他的事业，也凝聚了战友们的心血，他没有理由不带领战友们把它做好。没想到，怕什么就来什么。

他慢慢地点上一支烟，眯着眼睛看着神采飞扬的锦秀，终于说：我知道这对你来说是个机会，以前你为这个家已经牺牲了很多。说实话，尽管这个家需要你，但我想好了，为了你的理想，你还是去吧。

听他这样说，锦秀的神色也略有些隐忧：我知道我这一走，你会很难，孩子还小，让你一个男人照料这个家，也为难你了。可你知道，这对我来说是最后的机会了，所里和我同样情况的人几乎都出去过了。所长也是出于这方面的考虑，才把机会给了我。

黎京生把手里的烟头灭了，站起身说：你放心走吧，我不拖你的后腿。多难的事都扛过来了，别忘了，我是当过兵的人。

说完，还冲锦秀轻松地笑了笑。

在锦秀的眼里，黎京生已经不是以前的黎京生，以前的黎京生在她的眼里是高大的象征，是一棵树，而自己只是一株小草。自己能够和黎京生生活在一起，她始终觉得有些奇怪，是为了姐姐锦春，还是为了自己？她自己也说不清楚。此时的黎京生是现实的，现实的黎京生已经不是一棵树了，她也不是草了。她觉得自己正在慢慢地长成一棵树，而黎京生呢？她却有些看不清了。

接下来，她就没日没夜地准备出国的事情，拿批件，办护照，交接手里的工作。忙完这一切时，她突然想到了大姐锦春，这一段时间忙得她几乎没有给锦春写过信，自己就要出国了，她该给锦春写封信了。信写得很简单，主要还是放心不下姐姐的婚事。姐姐的婚事一直以来就像压在她心头的一块石头，让她喘不上气。尽管她也知道，即便自己不嫁给黎京生，姐姐和黎京生的故事也不会再继续了。但人往往就是这样，明知道和自己没有关系，却仍往死胡同里钻。

锦春前段时间来信说，她已经打算和林建设结婚了。直到这时，她才松了一口气。

锦秀终于出国了。告别的场面永远是通俗的，临走的前一天，她特意去了幼儿园，告诉念乡妈妈要出差，会去很长一段时间。

念乡明显比其他的孩子懂事许多，看着前来告别的妈妈，做出一副小男子汉的表情说：放心吧，妈妈，不用想我，回来别忘记给我带礼物。

锦秀拼命地点着头：念乡啊，以后要听爸爸的话啊！

转过身时，她已经是泪流满面了。这么多年，她觉得最对不住的就是儿子念乡，她在心里安慰着自己：念乡，原谅妈妈吧。妈妈这样做都是为了你有一个好的将来。

难过之后，还是得硬下心肠往前走。当她擦去脸上的眼泪，她就又是锦秀了。

锦秀走后，黎京生肩上的担子陡然重了，也从此多了一件心事，每天回来都要绕道去幼儿园里看一看。他去时，孩子们有时已经睡下了，他只能看一眼念乡，跟老师交代上几句。有时去得早一些，赶上孩子们在院里玩时，他喊一声“念乡”，儿子就兴冲冲地跑了过来。

每一次，念乡都会问：爸爸，妈妈什么时候出差回来呀？我想她了。

他每次都会重复着：快了，再过几天。

直到老师喊孩子们回去睡觉了，他才冲念乡挥挥手，念乡也恋恋不舍地说：爸爸，你明天再来。

然而，明天的事情就说不准了。当他再一次出现在幼儿园的时候，园里漆黑一片，他在暗影中站一会儿，抽上一支烟，当烟快燃尽时，他说一声：再见，儿子！骑上车，匆匆地走了。

周末的时候，不论他多忙都会准时来接孩子，然后带着念乡直奔老兵餐厅。正是卖盒饭的高峰时段，他推着餐车，领着念乡，走街串巷地吆喝着。百无聊赖地跟着爸爸跑了一天的念乡，又一次问起了妈妈。

黎京生顺口说道：快了，妈妈快回来了。

念乡不肯走了，他认真地看着黎京生的脸说：我知道，妈妈不要咱们了。

儿子的一句话，说得黎京生心里“咯噔”一下，他呆定地望着念乡说：别胡说，你妈出差了。

不对，我妈没出差，是出国了。

黎京生的脸有些苍白了：谁告诉你的？

幼儿园的老师说的，老师不会骗人的。

念乡坚定的神情让黎京生有些不知所措，他清楚，现在这个家太需要锦秀了。有时候，静下心来想时，他又会站在锦秀的角度去思考问题，想想她也不容易，作为男人，他应该站在老婆、孩子的身后，为他们撑起一片天空，可他没有做到，让他们跟着受苦了。想起这些，他的心里就不是个滋味。他一次次地暗下决心，一定要干出一番事业，让锦秀和念乡过上好一些的生活。

老兵餐厅在艰难中生存着，黎京生和战友们想尽一切办法维持着餐厅的运转。有时候，一天也上不了几桌客人，厨师和服务员看着冷清的场面也有了想法，他们小心翼翼地以各种理由请了假，结果却是一去不回头。

黎京生、王大雷和李纪朝非常清楚，老兵餐厅是他们最后的阵地，坚持就是希望，放弃将全军覆没。他们只能凭着信念坚守着，没有人走进餐厅，他们就推着餐车，悲壮地走出去，以微薄的收入支撑着老兵餐厅。

几个人拖着疲惫的身体回到餐厅，看着面前零碎的钞票，黎京生强打精神地苦笑着：收入是少了点，可毕竟是收获。

王大雷和李纪朝也笑一笑，打着哈哈说：回去吧，明天还要战斗呢。

三个人起身走进了黑暗中，月影下，疲惫的身子被拖得很长，很长。

黎京生在这种艰涩的日子里，身体就出现了异常，先是消瘦，后来就觉得疲劳，有时候推餐车都感到吃力，走上几步，就靠着车子喘上一阵。他不知道自己哪里出了问题，也没有太当回事儿，一门心思扑在老兵餐厅上。

又一个周末，黎京生依旧从幼儿园接回了念乡。父子俩沿街叫卖着盒饭，实在走不动了，黎京生就坐了下来，念乡稚声稚气地吆喝起来，他知道只有卖完了盒饭，爸爸才会带他回家。

就在这个时候，锦香出现了，手里拎了一大堆念乡爱吃的水果和零食。锦秀走后，锦香时不时地会来看看念乡，这也是大姐锦春的意思。

念乡一看见锦香，嘴里喊着小姨就扑了上去。锦香把他抱在怀里，看着眼前的情形，心里很不是滋味。

黎京生看见锦香，硬撑着站了起来，有气无力地说：锦香来了。

锦香看了眼黎京生，惊讶地问：你病了？

没什么，过一阵就好了，可能是太累了。

出于职业的习惯，锦香毫不疑心地说：姐夫，你应该去医院做个检查，不能这么不当回事。

黎京生随意地说：去医院太麻烦了，不碍事的。

锦香急了：姐夫，你一定得去。明天我值班，你去我们医院，我提前给你挂个号。

黎京生虚弱地说：别麻烦了，我没事。

锦香看着怀里的念乡说：姐夫，我姐不在，你要是倒下了，这个家谁来撑着？你要知道，你的身体不是你一个人的。

也许是这句话击中了黎京生，他望一眼念乡，终于点点头：好，明天我去。

第二天，黎京生果然去了锦香的医院。他从这个科到那个科，抽了血，也留了尿样。接下来，就等待着结果。他和锦香说好了，他不用再往医院跑了，有了结果，锦香会通知他的。

他一连等了一个多星期，也没有等来锦香的通知，心里就有了一种不祥的预感。

果然，他没有等到锦香的结果，却等来了徐锦春。

在一天早晨，锦春风尘仆仆地出现在他的面前。当时，他正准备去老兵餐厅上班，抬头时，就看见了迎面走来的锦春。在那一瞬间，他怀疑自己是在做梦，揉了揉眼睛，定睛看去，锦春正真实地站在他的面前。

是你，锦春？你怎么来了？

徐锦春望着眼前的黎京生，表情有些复杂，她是接到锦香的电话，才下决心来的。

黎京生检查的结果早就出来了，情况比想象的要严重。黎京生患上了尿毒症，他早就应该住院治疗了。当锦香拿到结果时，她大吃一惊，锦秀远在国外，远水解不了近渴，黎京生毕竟是她的姐夫，这么大的事，她不能不和大姐锦春商量了。锦春在得知这一情况时，人一下子就蒙了，作为医生，她知道尿毒症的结果。她放下电话，心里再也无法平静了。连续两天，她什么也干不下去，做事也是丢三落四的，脑子里想的只有黎京生的病情。

她再一次找出了黎京生的照片，照片已经变得有些破碎，但往事仍一幕幕清晰地映在眼前。黎京生真是太不幸了，父母撇下他走了不说，就是自己也没有逃出人生的厄运。想到这儿，内心一阵剧痛，她真想大哭一场，为了黎京生，也为了自己。

后来，她终于下了决心，去北京看望黎京生。这个念头一出现，便不可遏止，自从锦秀和黎京生结婚后，她就想，自己该和黎京生画上句号了。她试图说服自己，不再去想黎京生，可事实上，有关黎京生的任何消息仍牵动着她的心，激起她内心的涟漪。直到锦秀和她有了那样一次谈话，她才决心试着去爱林建设。即使在和林建设交往的过程中，仍有意无意地把两个男人做着比较。此时，黎京生已经完全占据了她的内心，短暂的犹豫和彷徨之后，她又一次登上了开往北京的火车。

两个人重逢之后，一时竟不知说什么好。半晌，黎京生才把锦春让进了屋。

锦春表情凝重地看着他：你该去住院了。

不祥的预感又一次在他的心里得到了证实，他嗫嚅着：我、我得了什么病？

锦春叹了一口气，慢慢地说出“尿毒症”三个字。

他听了，顿觉浑身上下没有一丝的力气了，他慢慢地坐在椅子上，喃喃自语：我怎么会得上这个病呢？

他似乎在问自己，又似乎在问锦春。

他的眼神里充满了无助和忧戚。

锦春以一种不容置疑的口气说：你要住院，决不能再拖了。

他虚脱般地问：你这次是专门为我的病来的？

锦春将目光从他的身上移开，望向远处：锦秀不在，你身边应该有个人。

他听了，内心涌上一阵深深的感动，眼睛也有些模糊了。半晌，他才轻轻地说：锦春，我欠你们的太多了。

经过锦春和锦香的安排，黎京生住进了锦香所在的部队医院。远在德国的锦秀自然也知道了黎京生的情况，在黎京生住院半个月之后，锦秀回到了国内，长途飞行令锦秀看起来很憔悴。在这之前，她经常打越洋电话过来，问一问家里的情况，黎京生总是这好那好地宽慰着她，让她安心工作。她怎么也想不到，突然就接到了锦香打来的电话，说黎京生患了尿毒症。

锦香和武飞一同去了机场。锦香一见到锦秀就扑了过去，含着眼泪叫了一声：姐！就再也说不下去了。

锦秀看见锦香的样子，积攒起的那点力气“倏”地就没了，她几乎瘫倒在机场出口，还是武飞把她扶住了。上了出租车，她才回过神来，问锦香：你姐夫的病很严重吧？

锦香含着泪，隐忍着说：姐夫已经是尿毒症晚期了。

锦秀猛地抓住锦香的手，神情激动地说：小香，你是医生，你姐夫的病就真的没有救了？

锦香没有说话，把头扭向了车窗外，她无法面对姐姐那双求救似的眼睛。

锦秀拼命地晃动着锦香的身子，一迭声地追问：小香，你说呀！

锦香深深地吐出一口气，看着锦秀说：目前国内外的医疗技术都没有办法拯救晚期尿毒症患者，除非……

她的话还没有说完，锦秀攥着锦香胳膊的手突然就松开了，目光痴呆地望着前方。

车里很静，只有汽车发动机的声音和车轮碾过地面的沙沙声。锦香为了安慰锦秀，又说下去：当然，也不是完全没有办法。

锦秀盯着锦香的脸，仿佛要用目光把她望穿。

锦香小声地说：除非换肾，这也是唯一的办法。

锦秀似乎又看到了希望，她再一次抓住锦香急切地问：换肾？换谁的肾？有肾吗？

锦香知道这句话说出来几乎就等于没说，此时的她就是肾脏内科的医生，她到医院工作这么长时间了，只成功做过一例肾移植手术。那还是半年前，一个死刑犯人捐出的肾脏。目前，国内外的医学移植技术已经不是问题了，关键的是移植器官的匮乏。她这样说，只不过是安慰锦秀罢了。现在，面对锦秀一连串的逼问，她只能实话实说了：技术没问题，只是还找不到肾源。

锦秀眼里燃起的一线希望，“倏”地灭了。

车子直接开到了医院。下车的瞬间，锦秀仿佛做了一场梦，十几个小时之前，自己还置身国外；现在，却回到了国内的医院，巨大的反差，让她迷糊起来。

锦香带着锦秀，跌跌撞撞地进了病房。锦春正在伺候着黎京生，忽然就看见了站在门口的锦秀。

锦秀……

听到锦春喊锦秀的名字，黎京生的目光也慢慢地移了过去，四目相视，锦秀的嘴唇就抖动着，却说不出一句话。

黎京生虚弱地说：秀，你回来了？

锦秀“哇”的一下哭出了声。锦春的眼睛也蒙眬了，她悄悄地躲了出去。

黎京生的样子很是从容，从住进医院的那天，他就学会了坚强。作为一个已经看见了死亡的人，还有什么比死亡更可怕呢？相反，他开始变得镇定，也坚强了。

他用手爱抚地拍拍锦秀，轻声说：秀，别哭，一点儿小病，没什么大不了的。

他自欺欺人的安慰，更是让锦秀伤心不已，她哽咽着：你不用骗我了，锦香都已经告诉我了。

黎京生马上转移了话题，关心地问：国外的工作开展得顺利吗？

锦秀没有回答，望着他默默地流泪。

你真不应该回来，来来回回的多耽误工作。我没事，有锦春和锦香呢。

锦秀忍着不让自己哭出声来，想想他们已经分别了半年，却没想到在这样的情形下见面。

黎京生伸出手，摸着锦秀的脸，仔细地端详着：秀，你嫁给我，就没让你过上一天省心的日子。先是妈拖累着你，这次好不容易有机会出国了，我又躺到了这里。

锦秀低泣了起来：快别说了，这都是命。

黎京生慢慢地抹去锦秀脸上的泪水，自己的眼泪也湿了枕边。

锦秀走出病房，看到门外的锦春时，她猛地扑到锦春的怀里，失声道：姐，我咋就这么苦呀……

锦春用力地抱紧锦秀，此时她的心境比任何人都要复杂，看着怀里的锦秀，她又能说什么呢？如果自己当初没有和黎京生恋爱，也许就没有现在这样的结果。

锦秀匆匆地回来，又匆匆地走了。她是这次合作项目的中方负责人，她不可能一走了之，她也向研究所请求换人，可项目进行中，中途换人不太可能。她只能是揪着一颗心回到德国。

研究所的领导自然也很同情锦秀的遭遇，为了减轻她的牵挂，也是为了让黎京生安心治病，所里特批锦秀把念乡一同带了出去。

锦秀明白所里领导的良苦用心，在这样的决定面前，她已经是千恩万谢了。作为中方项目的负责人，她不能半途而废。否则，不只是国家蒙受经济上的巨大损失，也涉及与国外合作的信誉问题。

临告别的那天晚上，锦秀留在了黎京生的病房。他试图劝她回去休息，毕竟第二天还要坐十几个小时的飞机。她没有听他的话，执拗地坐在那里，默默地守在他的床前。

她知道，也许这一次的告别会成为永别。想到这儿，心里就说不出的难过。这两天来，她的眼泪似乎已经流干了，她也想了很多。现在，她已经变得很平静了，她说：京生，你娶了我后悔吗？

黎京生看她一眼，很快地说：看你说哪儿去了，如果不是嫁给我，你早就是博士，可以干更多的事业了。

她低下头，把脸贴在他的手上：你现在病成这个样子，我却不能在你身边，而让姐姐来照顾，我这样的老婆太不称职了。

秀，你千万别这么想，你有你自己的事业。我得了这个病，谁也没有办法，生老病死，每一个人都会有这一天。这么多年，我和这个家已经把你拖累得够呛了。

她伸手捂住了他的嘴。

黎京生慢慢欠起身，从枕头底下抽出一只信封：这是我写给你的。

她伸手欲接，他却又把信放回到了枕头下：现在不给你，等明天走时再给你。但你得答应我，这封信上了飞机再看。

她望着他，点了点头。

不知过了多久，黎京生似乎睡着了。她托着腮，不错眼珠地望着他，很久，很久。

第二天一早，锦秀带着念乡赶到了医院，她打算看一眼黎京生后，直接从医院赶到机场。

念乡把脸紧紧地贴在爸爸的脸上，表情里既有兴奋，又带着不舍，他知道自己就要像妈妈一样离开爸爸了。

黎京生握着念乡的手，眼睛就湿润了：念乡，到了国外要听妈妈的话啊。

念乡认真地点点头。

爸爸答应过带你去天安门广场放风筝，可爸爸一直没能实现。等爸爸的病好了，一定带你去。

爸，我会想你的。

黎京生点点头，说：爸也想你。

这情景就有些生离死别的意味了，在场的人都哭了起来。锦秀拉着念乡走了出去，她强迫着自己也强迫着念乡离开了病房，否则，她害怕自己会控制不住自己的情绪。直到走出医院的大门，她才冲送出来的锦春和锦香说：姐、小香，京生就托给你们了，这份情算我欠你们的。

说到这儿，又从包里取出一张存折，递给了锦春：这些钱是我在国外省吃俭用省下来的，姐，这钱就放在你这儿，留着给京生看病，一定用最好的药。

锦春想把存折塞回去，被锦秀制止了：姐，你别忘了，京生是我丈夫，我有这个义务。

说完，她伸手拦了一辆出租车，带着念乡坐了进去。一直到出租车开走，她都再也没有回过头，她怕自己会哭出来，念乡不停地冲着大姨和小姨挥手。

上飞机后，一切都安顿下来，她才想起黎京生交给她的那封信，她迫不及待地打开了信。

秀：

这可能是我这辈子写给你的最后一封信，认识你到和你结婚，我是幸运的，也是幸福的。生活就是生活，说不清，也理不透，我躺在医院的床上把什么都想了一遍，我欠你的情这辈子也许没法补上了，那就等来世吧。

秀，我现在向你提出最后一个请求，咱们离婚吧，让我踏踏实实地离开这个世界，也让你自由地追求一份属于自己的生活……

信的最后，又附了一份离婚协议书。

锦秀看到这儿，再也忍不住了，她用信纸捂住了自己的脸，眼泪汹涌着流了出来。

念乡在一旁喊着：妈，你怎么了？

她紧紧地抱住了念乡。在这架飘摇的国际航班上，因为念乡，她得到了温暖和力量。

希　　望

锦秀带着念乡远远地走了，躺在病床上的黎京生有了一种如释重负的感觉。现在，面对义无反顾前来照顾他的锦春，他不能不劝她：你有你的生活，我自己能行。

锦春不说什么，每一次听到这样的话，都是温柔地冲他笑一笑。看着忙里忙外的锦春，他不再说什么，只感到一种宁静中的踏实。

锦春每天做好三顿饭，送到医院，看着黎京生趁热吃下去。更多的时候，她会守在他的床前，静静地望着他，有时候她会走神，想起小镇的岁月。那是一段刻骨铭心、令她难以忘怀的时光。想起往事时，她的一双眼睛就蒙眬了起来。

锦春找过黎京生的主治医生，也咨询过他的治疗方案。主治医生姓金，年纪在五十上下，看上去就让人感到踏实和放心。金医生比较详细地分析了黎京生的病情，称现在的治疗只是消极的救治，从根本上无法改变病人的病情，只有尽快找到肾源，做移植才能挽救生命。

金医生说着又摇摇头：现在的问题就是肾源奇缺。还拿出一本厚厚的登记本给锦春看，上面密密麻麻都是等待换肾的病人的名字。病人分布在大江南北，时刻等待着医院的消息，有些病人就是在遥遥无期的等待中悄然离去。

看着厚厚的登记本，锦春的心在发抖，脸色也变得纸一样苍白。金医生叹了口气，安慰道：哪个病人不希望活下去，被动地等待肾源也不是好办法，即使有了肾源，还得配型成功，难哪！如果能够在亲属中寻找，配型的成功率将会很高，再想想办法吧。

金医生清楚锦春是锦香的姐姐，而锦香恰恰又是金医生的助手，因为这样的关系，金医生对黎京生的病情自然很上心。

一次，金医生查完病房，冲送出门的锦春问：病人的家属是你的妹妹？

锦春点点头，金医生就“唔”了一声，他用不解的目光望了一眼锦春，没再说什么，一脸疑惑地走了。

锦春对黎京生的照顾曾引起许多人的误会，大家都以为两个人是夫妻，刚开始，锦春还解释：他不是我爱人，是我妹夫，我妹妹出国了……

每次这样解释时，别人都怔一怔，然后用一种异样的眼光看她一眼，又笑一笑。这让锦春感到怪怪的，却又说不出什么。

黎京生住院后，战友王大雷和李纪朝隔三岔五会来医院看看黎京生。作为战友，他们都在边防站待过，和锦春自然也不陌生。但在医院里见到锦春时还是一脸的惊奇，黎京生就介绍说：这是徐锦春。

王大雷和李纪朝就明白了，热情地和锦春打着招呼。他们的到来给黎京生带来了新的希望，现在的老兵餐厅在得到民政局的支持后，在减少税收的同时，还被定为北京市旅游局的定点餐馆。老兵餐厅一下子就上了一个台阶，更重要的是，餐厅前面的街在经过改造后，客流量就多了起来。高峰时，客人多得都有些应接不暇了。

每次王大雷和李纪朝都说：京生，你安心养病，老兵餐厅有我们呢，别为了钱的事发愁，有我们吃的，就少不了你喝的。

两个人走时都会给医院的财务室留下一些钱，这令黎京生感动不已：大雷、纪朝，我没有为老兵餐厅做过什么，我受之有愧呀！

两个战友掷地有声地说：谁让咱们是战友哪，过去是，现在还是。

黎京生的心情一天比一天好，病情也似乎轻了一些，他甚至可以下床走一走了，就一再催促锦春回去。锦春就故意地说：我待这里影响你吃还是耽误你治疗了？

黎京生就不好说什么了，微红了脸，颇有些不安地说：锦春，你有自己的生活，整天陪着我，把事都耽误了。

最让黎京生愧疚的就是锦春婚事的问题。弹指一挥间，锦春已经三十多岁了，在锦秀没有出国前，他就从锦秀那里知道锦春恋爱了。知道这个消息时，他心安了许多，却也有些怪怪的感觉。时间又过去了很久，锦春结婚的消息仍然是雷声大、雨点小，这次，两个人又有了面对面的机会，黎京生决定必须和锦春敞开心扉地谈一次了。

他终于开口了：锦春，你男朋友还好吧？

她听了，怔了一下，马上就想到林建设。不知为什么，这段时间为了黎京生的病情，她几乎从没有想起过林建设，当她意识到这一点时，她也感到吃惊。

见黎京生这么问，她真不知是点头还是摇头了，嘴里含混地“嗯”了一声。

他又说：锦春，你年纪也不小了，自己的事也该上点儿心了，都谈这么长时间了，差不多也该结婚了。

对于结婚，她还没有想太多，林建设对她好，她内心是明白的，但每次林建设提出结婚，她都搪塞地说：再等一等。等什么呢？她说不清。林建设每一次都是大度地说：那我就等，等到海枯石烂。

有时候，感情是很难说清的，凭林建设的条件，想找个女朋友结婚，那是易如反掌的事。林建设却偏偏知难而进，等得无怨无悔，天长地久。

现在，黎京生当着她的面又一次提起她的婚事，她的心里隐隐有一种疼痛的东西一掠而过。她低下头，眼睛看着地面：我的事不用你管，我自有安排。

他听了，也不好再顺着这个话题说下去了。

停了一下，他岔开了话题，又说：锦春，你看我一天天地好起来，已经可以自己照顾自己了。

她清楚，他此时的病情是一种反复，虽然只是暂时的好转，但也让她松了一口气。她想了想，说：过两天我就回去，我得参加锦香的婚礼。

黎京生瞪大了眼睛：锦香要结婚了？

婚　　礼

锦春做梦也没有想到林建设会来。

林建设一直找到黎京生住的病房。黎京生的病明显有了起色，他正在和锦春商量出院的事。锦春知道，黎京生病情的稳定只是暂时的，说不定什么时候就会发作，但这话又不好明说，她只能劝他在医院再住上一段时间。

就在这个时候，林建设出现在二人面前。

锦春发现林建设时，吃惊地张大了嘴巴。她站起身说：你怎么来了？

林建设笑一笑，并没有回答锦春的话，径直冲黎京生说：如果我没猜错的话，你就是黎京生？

林建设和黎京生并不熟悉，也未曾谋面，但彼此的名字已是烂熟于心。关于锦春和黎京生早年那段浪漫的爱情故事，林建设早就有所耳闻，但他并不知道锦春正在陪护的就是黎京生。锦春向单位请假时只说是去北京办事，也没有来得及和林建设打声招呼，就匆匆地走了。林建设知道，锦春的两个妹妹都在北京，锦春去北京也很正常。没想到的是，锦春这一去便如泥牛入海，没有了音信。这段时间，他差不多每天都要去锦春的单位打听她的消息。

时间就在漫长的等待中一天天地过去了，终于，他再也沉不住气，飞到了北京。黎京生的家他是知道的。

黎京生面对眼前的林建设，心里已经猜出了大概，但他仍犹豫着问：你是……

林建设看了一眼仍在惊怔中没有回过神来的锦春说：我叫林建设，是锦春的男朋友。

黎京生神情复杂地伸出了手。两只男人的手就握到了一起，很快，又分开了。

锦春直到这时才从惊愕中反应过来：你怎么找到这里来了？

林建设又是一笑，却笑得很有内容，他看一眼黎京生，又看了一眼锦春，才说：女朋友失踪了，还不让找啊？

锦春一时不知如何回答了。

林建设打起了哈哈：这么长时间不回来，我放心不下，过来看看。

然后，仔细地把锦春看了一会儿，认真地说：锦春，你都瘦了！

锦春夹在两个男人中就显得有些不自然。

林建设此时的心情是复杂的，自己的女朋友千里迢迢地跑到北京，不为别的，只为了陪护前男友。想想看，任何一个男人心里都不是滋味，但他尽量装出若无其事的样子，打量着病房，又看一眼黎京生说：看样子，你该出院了，气色还不错。

黎京生看一眼锦春，表情轻松地说：我也正打算出院呢。

三个人又随意地说了几句，锦春就随林建设走出了病房。黎京生一直把二人送到了楼梯口，分手的时候，他立住脚说：锦春，这些日子真是谢谢你了。

锦春慢慢地回过头，冲他说：我是替锦秀陪护你的，要说谢，也该是锦秀来说。

黎京生看着林建设挽着锦春一步步走下了楼梯，此时，他的心里有了一种空荡荡的感觉。他的病，他自己最清楚，住院这段时间，他托人买了关于尿毒症的书，趁锦春不在时仔细地看了，对尿毒症有了初步的了解。他知道，即便是暂时度过了危险期，病魔也始终会找上门来。住院这段期间，他虚虚实实地想了很多，最后，他不得不想到了最为现实的问题，那就是他和锦秀的关系。如果说，他同意锦秀嫁给他，是基于一种现实的考虑，但如果她不是锦春的妹妹，他也有可能不会这么快地接受她。假如不是母亲瘫在床上，家里需要一个帮手，他也不可能会娶锦秀。他之所以和锦秀结婚，完全是现实的需要，也是一种情感的转移。锦秀尽了一个妻子应尽的责任和义务，尽管也曾挣扎在家庭与事业的万难之中，但她最终挺了过来。而今，就在她终于有能力实现自己的价值和理想的时候，现实中的他又一次拖累了她。作为男人，他感到深深的愧疚。经过几天的深思熟虑，他决定与锦秀协议离婚，还她一个自由，让她去追求属于自己的幸福。

他在做了能做的一切之后，心里一片轻松。在和锦春单独相处的日子里，尽管他躺在病床上，但他仍然感受到了那种潜在的幸福感。他嘴上一遍遍地催着她快些回去，可心里却多么希望她能留下来，只要她出现在他的视线里，他那颗焦灼、不安的心，就变得平静下来。

有几次在睡梦中，他还在呼唤着锦春的名字，醒来后，看到身边并没有锦春，他便跌进深深的落寞中，睁着眼睛，久久无法入睡。

望着越走越远的锦春，他的心就空了。他下定决心，马上去办理出院手续。住院的日子是单调、痛苦的，没有了锦春的陪伴，他一分钟也不愿意待下去了。

林建设和锦春走到医院大门外，他夸张地大口呼吸着空气，然后仰起头，望向天空说：这里终于没有医院的味道了。

锦春有些茫然地看着他。

林建设把目光收了回来：这些天你受累了，想去哪儿？说，我陪你散散心。

锦春摇摇头：我哪儿也不想去。星期六锦香结婚，我想参加了她的婚礼就回去。

锦香要结婚了？这是喜事啊，咱们参加婚礼也不能空着手吧？

说完，不由分说地拉着锦春就走。

在逛商场的过程中，锦春显得心不在焉，她一直惦记着住在医院里的黎京生。她终于忍不住，丢下林建设说：我去打个电话。

她把电话打给了锦香，她喋喋不休地叮嘱锦香以医生的角度劝黎京生不要出院，锦香却告诉她，黎京生已经悄悄办了出院手续。

电话筒从她的手里滑落下去，锦春的脑子里一片空白。

锦香和武飞的婚礼办得浪漫而又简约。

在武飞所在的空军机场，两位新人穿着军装，在一排排飞机的映衬下，在众人的祝福声中，甜蜜而幸福地微笑着。

林建设和锦春也站在道贺的人群中。林建设拼命地拍着巴掌，一脸的羡慕。锦春有一刻也陷入恍惚中，仿佛面前站着的不是锦香和武飞，而是她和黎京生。她揉了揉眼睛，努力驱赶着眼前的幻觉。清醒过来的她，就涌上来一种莫名的伤感，眼睛也有些湿润了。

众人向新人抛撒着花瓣，林建设下意识地握住了锦春的手，自言自语着：他们真幸福。

锦春抬了一下头，望了一眼身边的林建设，发现他的眼里也有一层晶亮的东西闪过。

林建设握着锦春的手就用了些力气，锦春似乎也受到了感染，身子不由自主地偎向了林建设。

林建设贴在她的耳边轻语着，她的心里有什么东西动了一下，泪水慢慢地溢出了眼角。

锦春，咱们和他们比可都老了。

锦春苦涩地笑一笑，这笑容就很复杂。

林建设又贴紧她一些，用更低的声音说：锦春，咱们也结婚吧。

她没有去看他，而是把目光投向了远方。碧蓝的天际中，有一架飞机正好呼啸而过。

半晌，她点了点头。

这时，锦香和武飞走近了人群，喜糖也纷纷抛了过来，林建设在空中抓了一颗，他小心地剥开糖纸，送到锦春的嘴边。锦春犹豫了一下，把糖含在了嘴里，糖在她嘴里的感觉却不是甜的。

林建设沉浸在兴奋中，似乎自言自语，又似乎是说给她听：回去就该吃我们的喜糖了。

她侧过头，想说什么，却又把话吞了回去。

林建设在临离开北京前，去了一趟老兵餐厅。当老兵餐厅几个字映入眼帘时，他盯着那几个字看了许久，眼圈竟有些发红，他想起了自己曾经的军旅岁月。他掩饰着自己的情绪，很快掏出墨镜戴上，深吸一口气，走了进去。

他坐下后，很快服务员就递上了菜单，菜单上的名字很特别，第一道菜就是“军旅岁月”，依次是“战友心情”“绿色情怀”等。他的目光在这些菜名上一一掠过，最后，他放下菜单，冲服务员说：每道菜都上一盘。

服务员吃惊地看着他，小声地问：请问您几位？

别担心我吃不完，我就是想看看这些菜。

服务员应了一声，就离去了。

此时还不是就餐的高峰，餐厅里的客人并不多。服务员走进后厨没多久，黎京生就从里面走了出来，他要看看外面那位奇怪的客人。结果，他就看到了林建设。

林建设缓缓地摘下了脸上的墨镜。黎京生走过来，站在林建设对面，平静地说：原来是你？

林建设咧咧嘴说：我们就要走了，走之前，想见见你。

黎京生在他对面坐了下来，静静地看着林建设。

林建设盯着黎京生的眼睛说：今天我想和你喝一次酒。

黎京生点点头：好，喝什么酒？你点。

说完，把一份酒水单推到林建设面前。

林建设指着其中的一种酒说：就来瓶火箭兵吧。我以前当的就是火箭兵。

接下来，两个人就把酒杯倒满了。

黎京生举起酒杯说：来，为了咱们当兵的岁月。

两个人的杯子碰了一下，饮干了杯里的酒。林建设又把酒满上，然后盯着黎京生说：咱们都当过兵，也算是战友了，战友面前不说饶舌的话。

说到这儿，他停了停，举起酒杯道：告诉你，这次回去，我就要和锦春结婚了。

黎京生听了，身子微微一颤，但很快就调整好了情绪，真诚地举起酒杯说：祝福你们。

说完，率先喝下一大口，然后又说：既然你们要结婚了，那我就跟你说句实话，锦春是个好姑娘，以后你要好好待她。

林建设笑了，他靠在椅背上：我知道你会这么说，咱们都是当过兵的人，说话从不拐弯抹角，我喜欢。

然后，把杯子里的酒一饮而尽。

黎京生又一次举起杯子，真诚地看着林建设说：祝你们永远幸福。

林建设终于轻松地笑了：我今天来就是想听你说这句话。

又一次住院

从北京回来后，林建设和锦春就开始为他们的婚礼做着准备。

林建设甚至放下了手里的工作，整天开着车带着锦春看婚纱，买家具和各种新房用品。看着那些本来就很新的家具被林建设毫不犹豫地淘汰掉，锦春心疼地说：这些东西就够用了，再买就是浪费了。

林建设站在宽大的新居中央，像个将军似的说：不，我要给你一个崭新的家。

这时的林建设不仅像个将军，更像是一个豪情万丈的诗人。

在妹妹锦香的婚礼上，她突然有了冲动，有了成家的冲动。以前母亲还在时，一家人虽然过得有些拮据，却也热热闹闹，现在，两个妹妹先后嫁人，承载在她肩上的担子一下子就卸去了。她在这种片刻轻松的同时，就想到了自己，她在心里说：你该有个家了。

她心里明白，眼前的林建设不是自己最爱的人，但却是离自己最近的人。这么多年来，林建设一直默默地等着他，她其实早就明白他的心意，只是还没有答应嫁给他。她也说不清这究竟是为了什么，似乎在冥冥之中还是心有不甘。

现在，锦春一下班，就会坐上林建设的车，参加他安排的各种活动。她津津有味地体味着，似乎对未来的生活有了期盼。直到很晚，林建设才把她送回去。当她一个人静下来，看着一堆刚刚采买回来的东西，花花绿绿地摆在那里，她真的有些感动了。

就在她长久地呆怔后，她忽然起身，翻箱倒柜地找起来，终于在箱子的底部看见了那张拼贴得面目全非的照片，黎京生透过横七竖八的裂纹，正微笑地看着她。

她端详着照片上的黎京生，把照片翻转过去，闭上了眼睛。许久之后，她在心里说：再见了。

等她再一次睁开眼睛的时候，她就看到了茶几上的打火机，那是林建设留下的。她拿过来，笨拙地打了几下，打火机才燃出火苗。她的手有些抖，她就颤抖着手把照片点燃了，随着一缕青烟冒起，黎京生的微笑就永远地在她的眼前消失了。

她的泪水汩汩地从脸上滚落下来。

她接到锦香的电话是在一个早晨。婚后的锦香沉浸在新婚的甜蜜之中，只要一有时间，她就会给锦春打去电话，和姐姐一同分享她的幸福和快乐。电话里，她不停地询问着姐姐婚礼的筹备情况。

锦春就说：差不多了，下周就去和林建设领结婚证。

姐，你总算修成正果了，祝贺你啊。

接着，锦香话锋一转，换了语调说：姐，黎京生昨天晚上又住院了，挺危险的。昨天抢救了大半夜，现在病情算是稳定了。

突然听到这个消息，锦春惊骇地把话筒抱在了胸前。锦香在电话里不停地喊着：姐，姐，你怎么了？

半晌，她才拿起电话，有气无力地说：姐没什么。

锦香就在电话里说：姐，黎京生不换肾恐怕是不行了。

一整天的时间里，她都是在昏天黑地中过来的。下班的时候，她像往常一样出现在医院的门口，林建设的车开了过来。

她木然地坐进车里，林建设一边发动车子，一边兴致勃勃地说：锦春，我看好了一条项链，你一定喜欢，现在我就带你去看。

她很突然地说了一句：我要去火车站！

林建设把车停了下来，诧异地回过头：去火车站干吗？

我要去北京。

林建设真的有些蒙了，反问了一句：去北京？锦秀从国外回来了，还是锦香那儿有事？

黎京生住院了，这次比上一次还要严重，我得去看看。

林建设听了，摇着头说：又是他?！他关你什么事，要你去管他，等下周咱们领了结婚证，我陪你去，顺便到南方玩一圈。

不，我一定得去，就赶晚上那趟车。

林建设一筹莫展地说：现在去？火车票早就卖光了。

那就买站票。她语气坚定地说。

林建设忍不住试探地问：要不明天再去？我现在就托人搞票。

她一把拉开了车门，嘴里说：你不送我，我就自己去。

万般无奈的林建设，只好掉转车头，向火车站驶去。

送走了锦春，林建设望着远去的火车，慢慢地蹲下了身子。他点上一支烟，嘴里念叨着：又是黎京生，锦春你这是干吗呀？说完，痛苦地抱住了头。

回到家的林建设一头扎进卫生间，站在花洒下，打开了冷水。他现在浑身是火，恨不能抽自己的耳光，看着镜子中湿淋淋的自己，他喃喃自语道：林建设你这个傻瓜，你是剃头挑子一头热，人家心里根本就没有你，你这是为啥呀？

他开始用力地抽着自己的脸，直抽到手都发麻了，才“嗷”的一声哭了出来。他想不通也想不明白，自己什么样的女人找不到，怎么就偏偏赖上了徐锦春？

锦春果真是一直站到了北京。她站在火车的过道里，脑子里想的只有黎京生的病。忽然，一个念头冒了出来，她要用自己的肾去换回黎京生的生命。这个念头一旦冒出，便无休无止，像熊熊燃烧的烈火，越燃越旺。她是学中医的，她很清楚肾在身体里所起的作用。当然，换肾也并非想象中那么简单，还要有排异等复杂的过程。此时，她被换肾的念头冲昏了头脑，下了火车，她就坐上出租车，十万火急地驶向医院。

她一口气跑到锦香所在的诊室。锦香正埋头写着病历，被一头撞进来的锦春吓了一跳，她惊呼了一声：姐，怎么是你？

锦春捂着胸口，气喘吁吁道：锦香，我要捐肾给黎京生。

刚刚站起的锦香，一屁股跌坐在椅子上，她愣愣地看着锦春：姐，你说什么？

锦春似乎已经平静下来了，她扶着锦香的办公桌，清晰地说：我要给黎京生捐肾。

锦香半天才明白过来：姐，你这是干吗？

锦春已经想清楚了，此时的黎京生不仅是锦秀的丈夫，同时也是她生命的一部分。这么多年了，她试图去忘掉黎京生，可她不但没有做到，相反，黎京生已经根深蒂固地扎在了她的心里。她想了一路，思维也慢慢地清晰了，她明白，她现在仍然深爱着黎京生。如果，黎京生过着幸福的生活，她将会把这份爱深埋于心底，让痛苦随着时间去化解。可是，现在的黎京生需要她，她要站出来，勇敢地去挽救他的生命。

锦香的疑问更加坚定了她的决心，她毫不犹豫地说：因为他是黎京生。

锦香悲悯地看着锦春脱口而出：姐，你疯了。

不，姐没疯！有些事你还不懂。锦春的表情里充满了从容和淡定。

锦香仍苦口婆心地劝着锦春：姐，你也是学医的，你知道，换肾不是件简单的事，还需要很复杂的检查，只有指标吻合上，才有成功换肾的把握。

我知道，那就赶紧安排做检查吧。

锦香见锦春是认真的，也理智了下来：姐，你可想好了，你以后还要结婚，生孩子呢。

放心吧，姐早就想好了，这也是姐的心愿。

锦春的一意孤行，让锦香束手无策。最后，她只能遵从姐姐的意愿。

锦春唯一的要求，就是自己捐肾的事一定要瞒住黎京生，只有这样，才能保证换肾的顺利进行。面对锦春的执着，金医生和锦香答应了她的要求。

接下来，锦春开始了一系列的系统检查，锦香一直陪在锦春的身边。此时，锦香心里是矛盾的，作为医生，她清楚姐姐如果把肾换给黎京生，对姐姐日后的身体无疑是有影响的。姐姐还那么年轻，新的生活才刚刚开始，她真不忍心看着姐姐这么去做。虽然，黎京生现在还是她的姐夫，但毕竟还差着一层，锦香有时候甚至希望姐姐的检查结果是失败的。

锦春面对各种痛苦的检查时，神情是坚定的，她怀着一颗急迫的心从这个科室辗转到另外一个科室。

锦香不无忧虑地看着她，一再小声地问着：姐，你真想好了？

锦春不再去理会锦香，义无反顾地接受着检查。

很快，黎京生也开始接受换肾前的各种检查。当锦春再一次出现在黎京生的病床前，黎京生几乎是有些愤怒了。在上次和林建设单独见过面后，他已经把心底那份温情远远地抛掉了。从男人的角度看，林建设无疑是优秀的，锦春能够嫁给他，应该是幸福的。

这一次，病魔再一次把他送进了医院，他对自己的身体已经彻底失望了，是王大雷和李纪朝强行把他送进了医院。从进来的那一天起，他就开始拒绝吃药和打针。当锦春出现在他面前时，他的情绪几乎失去了控制。盯着锦春看了几秒之后，他挥手打掉了床头柜上的水杯，歇斯底里地喊着：你又来干什么，是想看看我告别这个世界的丑态吗？你从哪里来就滚回哪里去，我不需要怜悯。

锦春登时愣在那里，眼圈湿润了，此时，她理解作为病人的黎京生的心情。

她扑上去，喊一声：黎京生，我来这里不是宣判你的死刑，我是来告诉你，你的肾源找到了，你有救了。

当时的她还没有去做检查，她只是下定了要给黎京生捐肾的决心。

黎京生呆呆地望着锦春，忽然就垂下了头：我听锦香说，你们下周就要结婚了，这时候你不该来。

结婚早晚都能结。等你做完手术，我再结婚也不迟。

黎京生哽咽了：锦春呀，你干吗要这样对我？

锦春听了，眼泪一下子涌了出来。

黎京生在知道有了肾源后，重新又点燃了生的希望，人也一下子安静了许多。他听话地坐在轮椅上任由锦春推着，楼上楼下地转。锦春的心里也轻松下来，被一种希望鼓荡着，徜徉在幸福之中。尽管她检查的最终结果还没有出来，但她相信那句老话：心诚则灵。

捐　肾

几天之后，结果出来了。锦香在得知道结果之前，在医院的花园里和锦春认真地谈了一次。

锦香板着脸孔，人仿佛一下子成熟了几岁，她严肃地盯着锦春说：姐，你也是学医的，有些话我不想重复，你捐肾的事真的想好了？

锦香把她叫到这里，锦春的心就一直忐忑着，见锦香这么说，就急切地问道：我的检查结果出来了？

锦香无可奈何地望着锦春。

锦香的表情，让锦春心里的石头放了下来，她激动地说：这几天我吃不好，睡不香，就怕我的结果会有什么意外。现在好了，我这就把消息告诉京生，他有希望了。

看着锦春匆匆走去的背影，锦香摇摇头，深深地叹了一口气。

锦春奔向病房，还没有进门就喊了起来：京生，告诉你一个好消息，你马上就可以换肾了。

黎京生的反应正好相反，他没有喜出望外。当他从医生那里了解到，换肾的手术费用需要十几万时，他冷静了下来。目前的情况，他无论如何也拿不出十几万来，就是这一次住院的费用还是王大雷和李纪朝垫付的。他知道，老兵餐厅才刚起步，并没有太多的积蓄，不能因为自己的病，让老兵餐厅黄了。虽然，目前的一切都在按部就班地进行着，可这十几万元对他来说简直是天文数字，手术之后还有一段治疗，这也都需要钱。

锦春看到黎京生异样的神情，就走过去说：京生，换肾你不高兴？

我不想换了。黎京生慢慢地说。

他的话让锦春大吃一惊，她不解地看着他。

黎京生不说话，索性闭上眼睛，翻身朝向了墙的一面。

锦春终于被黎京生的态度惹恼了，她气愤地拍起了桌子：黎京生你不是个男人！你怎么连这点勇气都没有了？

我不想因为我的事连累别人。黎京生闷声闷气地说。

锦春有些发蒙，她担心自己捐肾的事被他知道了，忙小心地问：怎么就连累别人了？你说清楚。

黎京生沉默了一会儿，终于说：这换肾就得十几万元，还不算以后的治疗费用，这笔钱我不能也让别人给我捐吧？

锦春一下子松了口气，她转身从手提袋里取出了两张存折，递到黎京生眼前：你看好了，这是锦秀的五千美元，这是我的，这些钱加起来，差不多够做手术了。

黎京生抬起了头：我怎么能用你的钱？

锦春笑了一下，说：谁让你白用了。告诉你，我这是借给你的，等你病好了，你要连本带利地还给我。

黎京生望着锦春的目光一下子复杂起来，许久，说不出一句话来。

锦春见自己的话起到了作用，就又继续将了一军：黎京生，你要还是个男人，这个钱你就拿着。如果你连它都不敢接，我徐锦春瞧不起你。

黎京生看一眼锦春，又望一眼她手上的存折，慢慢地伸出了手。

手术很快做了安排。

在手术之前，锦春也被安排住进了病房，她特意让锦香把自己的病房安排到黎京生病房的楼下，她不能让黎京生看到她，否则，一切努力都将前功尽弃。为此，就是黎京生的战友王大雷和李纪朝，也都替锦春守着这个秘密。

手术前的那天晚上，锦春在得到医生的允许后，来到了黎京生的病房，她平静地告诉他：明天你手术，我就不陪你了。林建设来了，他接我回去一趟，我们就要结婚了，还有一些事情要办。

黎京生听了，内心非常平静，他轻松地笑了一下，说：锦春，这些日子辛苦你了，你放心走吧。王大雷和李纪朝会来陪我的。

就在锦春离开时，黎京生叫住了她：锦春，听我的，林建设这人不错。

晚上，王大雷和李纪朝来了。王大雷握着黎京生的手说：京生，老兵餐厅还等着你呢，这回换了肾，咱们就又可以一起战斗了。

李纪朝也说：京生，你放心，治病的费用你不用担心，战友们听说了你的事，都想来看你呢。你看，这是大家的心意。

说完，拿出一沓存折冲他挥了挥。

黎京生的眼睛瞬时就蒙眬了，他哽着声音说了句：谢谢战友们。

第二天一早，黎京生和徐锦春几乎同时被分别推进了手术室。

真相之后

经历漫长的手术之后，黎京生和锦春从手术室里被推了出来。

观察室里，因为麻醉，两个人仍然在昏睡着。

傍晚的时候，锦春首先睁开了眼睛，她一眼就看到了躺在距离自己不远处的黎京生。

这时，锦香走了进来，她冲锦春不情愿地说：姐，这回你该满意了吧？

锦春虚弱地问了一句：手术成功吗？

锦香又爱又怜地说：放心吧，很成功。

锦春终于笑了，笑得心满意足。

也许是两个人的说话声惊醒了黎京生，他慢慢地睁开了眼睛，茫然四顾时就看到了锦香，他吃力地问：锦香，我这是在哪儿？

这里是观察室。锦香走了过去。

黎京生这时就看到了锦香身后躺着的锦春。刚开始，他有些不相信自己的眼睛，他不明白锦春怎么会躺在这里。他眨了眨眼睛，望着锦春说：你怎么也在这里？

锦春看见黎京生醒了过来，悬着的一颗心终于放下了，看来手术正如锦香所说，很成功。她冲黎京生挤出一丝幸福的微笑。瞬间，黎京生什么都明白了，他颤抖着嘴唇，却一句话也说不出来。

因为手术顺利，两个人很快就平安地度过了恢复期，锦春已经能开始慢慢地行走了。这期间，两个人再也没有见过面，相互间的信息都是由锦香代为转告。当彼此从锦香那里知道，两个人都恢复得很好时，两颗心都踏实了下来。

十几天后，锦春出现在黎京生的床前。虽然，两个人只是短暂地分离了一段时间，但对他们来说，仿佛有一个世纪那么久远。黎京生还不能下地行走，只能靠在床头，他用手费力地支撑起身体，久久地凝望着锦春。

半晌，他说：锦春，让我怎么感谢你呢？

锦春看着日渐康复的黎京生，一脸平静地回答：你要知道，只有你好了，我这颗心才是踏实的，也是幸福的。

此时，再多的表白都是那么苍白，静默中，两个人安详地对视着。

许久，他终于说：我真盼着早些好起来，多做一些事，为你们，也为了大家。

她冲他欣慰地点点头：你会的，你还会是以前的黎京生。

在黎京生也能下地走路的时候，锦秀回国了。锦春为黎京生换肾的事，是锦香在手术之后告诉她的。电话里，锦香说了很多，锦秀一直安静地听着。

就在这次通话的十几天之后，锦秀风尘仆仆地从德国赶了回来。她出现在黎京生面前时，两个人都显得很平静。锦秀在询问了黎京生的恢复情况后，就沉默了下来。屋子里一片静寂，还是锦秀再一次打破了沉默，低着头说：在你两次住院的时候，我都没有留下来，不管怎样，我作为妻子都没有尽到责任。

你有你的具体情况，我不怪你。

她抬起头，欣慰地望着他：听锦香说，你很快就可以出院了。

这还得感谢锦春，要不是她，我也许……

她从手袋里取出一个信封，抖开了那份离婚协议书：还记得这份协议吗？

他看了一眼，轻轻点了点头：这是我写的，当然记得。

她把那份离婚协议书推到他的面前：我已经签好了字。

说到这儿，她长吁了一口气，望着他。

他心情复杂地拿过了协议书，在手里摆弄着，半晌，才喃喃道：锦秀，我当初写这个协议，没别的意思，就是不想拖累你，好让你放心地往前闯，你现在也很不容易。

她淡然一笑，说：如果你的病没有转机，我也许不会签这个字。

说到这儿，她停住了，想了想又说：作为你的妻子，应该由我来把肾捐给你，可是我没有做到，锦春却做到了。我不如她，也对不起你。我想了很久，才签了字。

她慢慢站起身，红着眼睛说：其实咱们之间说什么都是多余的，你应该拥有真正的爱。我去看看锦春。

锦秀见到锦春的时候，她一下子把锦春抱在了怀里，哽咽着喊了一声“姐”，便泪流满面了。

姐妹二人久久地拥抱着。当两个人平静下来时，锦秀破涕为笑地说：姐，你太棒了。

锦春也含泪带笑地摇着头：姐没你说的那么好，姐只是对着良心做了一件该做的事。

那天，两个人聊了很久。最后，锦秀轻轻地捧起了锦春的脸，真诚地说了一句：姐，这回我可以安心地走了。

锦春不解地看着她。

锦秀的眼里开始慢慢地弥漫上一层雾气，她垂下头，轻声地说：从一开始，和黎京生结婚的就应该是你，而不是我。我今天终于明白了。说到这儿，她抬起头来，直视着锦春的眼睛说：姐，我祝你们幸福。

锦秀走后不久，锦春出院了。很快，她就在王大雷和李纪朝的邀请下，当上了老兵餐厅的前台经理。现在的老兵餐厅日渐红火，大家正盘算着扩大餐厅的经营规模。之后，又在锦春的策划下，陆续推出了药膳保健菜系，很受食客们的欢迎。

接着，又过了一段时间，黎京生也康复出院了。

爱情永恒在蓝天

身为飞行员的武飞，并不能每天都陪伴在爱人锦香的身边，只有在没有飞行任务的时候，两个人才能见上一面。这样的日子，就给人一种武飞时时刻刻都在出差的感觉，相聚的日子就很短暂。

婚后的武飞仍然是一脸的朝气，每次回家之前，他都会提前打电话告诉锦香。锦香便早早赶到车站，等候着武飞。

一辆接一辆的公交车驶过来又开走了，锦香瞪大眼睛在人群里寻找着。突然，她看见了他，武飞的手里正攥着一枝玫瑰向她走来。她迎上去，两个人的身影交融在了一起。

一天，在没有任何先兆的情况下，武飞突然出现了。他是来向妻子锦香告别的：我要去南海执行任务，马上就走。

临走前的武飞仍然没有忘记给她带来一份礼物，那是一串轻盈的风铃。在手里轻轻一抖，铃声便叮叮当当地响了起来，清脆、悦耳，像两个人在轻声低语。

飞机开始转场了。一架架飞机在空中有序地编队后，绕过北京的上空，向南方飞去，越飞越远。最后，融在一片湛蓝之中。

从那以后，锦香便开始关注着南方，关注着那里的气候和天象，也关注着来自南方的每一条新闻和消息。夜晚，她长久地立在窗前，眺望着南方的星空，仿佛武飞正在遥远的天际注视着她。微风吹过，风铃碰撞在一起，细碎的声音嗡嗡嘤嘤地飘向她的耳边。

这天，一辆空军牌照的汽车驶进了医院。来人先是找到了院长，很快，院长就带着来人找到了正在上班的锦香。

院长介绍说：这是飞行师的领导，他们有事找你谈。

现在？锦香的表情有些惊讶。

是，就是现在。院长面色沉重地点点头。

锦香很快被请上了车。车子风驰电掣地驶走了。

几天之后，锦香回到了医院，她的手里多了一份烈士证书。爱人武飞在南海执行任务时，飞机遇到了雷击。作为飞行员，武飞为了保住飞机，即便在最后时刻也没有选择跳伞逃生，因而以身殉职。

锦香把武飞的遗像挂在了家中最显眼的位置，旁边就是那一串贝壳串起的风铃。已经平静下来的锦香，每次在离开家之前，都会深情地对武飞说：我上班去了，再见亲爱的。每一次回来时，她依然是看着他，轻声说一句：我回来了。她是笑着说的，当他们的目光碰在一起时，风铃就又是嗡嗡嘤嘤地响了起来。

在天气晴好的日子里，她有时也会倚在窗前，遥望着无尽的蓝天，喃喃低语：我知道，你还在天上……

她说话时，她的身体已经有了一些变化，看样子像是有了身孕，已经有几个月了。

再后来，几个月之后，她的孩子出生了，是个漂亮的男婴。她给他起了一个好听的名字，叫武天天。

没有尾声

黎京生和徐锦春终于结婚了。他们的婚宴就设在了老兵餐厅。

八一建军节那天，老兵餐厅来了许多战友，有认识的，也有不认识的，大家真诚地聚在这里，为这对历尽磨难的新人，送上了迟到的祝福。

锦香接到了锦秀的越洋电话，电话里，锦秀告诉她，她正在读着博士，念乡也已经上小学了。

此时的武天天已经三岁了，正是淘气的年龄，手里摆弄着一架遥控小飞机，嘴里不时地发出阵阵的轰鸣声，逗得身边的锦香和锦春笑了起来。这时，天上有一架飞机滑过，锦香停下脚步，喊了起来：飞机，天天快看。

锦春也站住了，望一眼锦香，又看一眼仰着头的天天。

半晌，锦香的目光从天空中收回来，冲锦春莞尔一笑：姐，现在我终于明白什么是爱情，什么是幸福了。

锦春爱抚地拍了拍锦香的肩膀，就把她抱紧了。

几年之后，锦秀在德国定居了。

老兵餐厅在陆续开了几家连锁店后，成立了餐饮集团，黎京生和徐锦春又开始了新一轮的奋斗。

锦香还是自己带着武天天，在夜不能寐的日子里，遥望着无尽的星空，聆听着细碎的风铃声。

日子又一如既往地走下去。